T0278984

LA ESTACIÓN DEL PANTANO

LARGO RECORRIDO, 182

Yuri Herrera

LA ESTACIÓN DEL PANTANO

EDITORIAL PERIFÉRICA

PRIMERA EDICIÓN: octubre de 2022
DISEÑO DE COLECCIÓN: Julián Rodríguez

Parte de esta novela fue escrita con el apoyo
de los Awards to Louisiana Artists and Scholars

ISBN: 978-84-18838-54-5
DEPÓSITO LEGAL: CC-212-2022
IMPRESIÓN: Kadmos
IMPRESO EN ESPAÑA — PRINTED IN SPAIN

Para 1853 Benito Juárez ya ha sido juez, diputado y gobernador de Oaxaca. Pero todavía está lejos de ser el hombre que encabezará la reforma liberal, primero como ministro y luego como presidente, y aún más de ser el hombre terco y visionario que lideró la resistencia contra los invasores franceses y restableció la república. Sin embargo, ya se ha hecho de enemigos, en particular el dictador Santa Anna, que no le perdona que, en 1847, cuando huía de la capital tras el desastre de la guerra contra los gringos, Juárez no lo hubiera dejado entrar a Oaxaca. Así es que ahora, Santa Anna, de nuevo en el poder, lo manda arrestar para enviarlo al exilio.

En su autobiografía Apuntes para mis hijos, Juárez describe en detalle su arresto, el periplo a la prisión de San Juan de Ulúa y el destierro a Europa vía La Habana, donde decide quedarse para planear su regreso. A partir de ahí su relato se vuelve escueto. Sólo dice:

En La Habana «... permanecí hasta el día 18 de diciembre, que pasé para Nueva Orleans, donde llegué el día 29 del mismo mes».

«Viví en esta ciudad hasta el 20 de junio de 1855 en que salí para Acapulco a prestar mis servicios de campaña...»

No dice ni una sola palabra sobre los casi dieciocho meses que estuvo desterrado en Nueva Orleans, ni una, a pesar de que es en ese período que se encontrará con otros exiliados y se convertirá en el líder liberal que marcará la vida del país durante las siguientes décadas. Fuera de las mismas dos o tres anécdotas vagas que se mencionan en las biografías, nadie sabe exactamente qué es lo que sucedió.

Es en ese hueco marcado por el punto y aparte donde sucede esta historia. Toda la información sobre la ciudad, los mercados de gente, los mercados de comida, los crímenes diarios, los incendios semanales, puede corroborarse en documentos históricos. Ésta, la historia verdadera, no.

A Tori

Lo sacaron a rastras del barco, lo arrojaron por la pasarela, y cayó frente a ellos, intentó levantarse, pero los de placa lo redujeron a garrotazos, que el hombre no detenía porque atesoraba con ambas manos algo contra su pecho. Uno de los que lo atormentaban dijo Suelta, no sabían la lengua, pero eso le estaba diciendo, ¡Suelta!, gritó el que parecía el jefe, y luego lo insultó, no conocían la palabra, pero conocían el lenguaje del odio. El hombre no soltaba, hasta que tres plaqueados le jalaron un brazo y tres el otro, el objeto cayó y se abrió en el suelo, el jefe lo recogió y, aunque sin duda había tenido antes objetos como ése en sus manos, se quedó atónito al ver que era una brújula.

Durante el momento de congelación en que los plaqueados miraban al jefe y el jefe miraba la brújula y el hombre miraba al jefe con la brújula en las manos y nadie sabía qué hacer, él alcanzó a ver el tatuaje en la espalda del hombre, a la altura del omóplato, el glifo de un pájaro caminando en una dirección mientras mira en la otra.

El tiempo se descongeló, el jefe cerró la brújula, se dio media vuelta y echó a andar; sus plaqueados levantaron al hombre sólo para volver a arrastrarlo, como a una bestia, y desaparecieron entre la gente.

Luego, todo se encendió: las cruces elevando los barcos de vela, las lanchas cargadas de heno y carbón, el algodón, tanto algodón, cientos y cientos y cientos de pacas de algodón, las montañas de verdura descargada, el olor a verdura fresca, el olor a verdura podrida, la promiscuidad de voces incomprensibles, el trajín de la gente, el olor del trajín de la gente; a la izquierda, el agua oscura espolvoreada de luces; las luces opacas de las farolas al frente; las luces titilantes de la ciudad a la derecha.

Se dejaron tambalear por los estibadores y por los hombres que empezaron a rodearlos y a ofrecerles cosas y a señalar en distintas direcciones.

Se inclinó hacia Pepe y le gritó al oído si tenía la dirección. Pepe lo miró desolado. Cuál era, cuál era. Era un hotel. Mata les había mandado decir que los esperaría en un hotel. Un hotel con el nombre de una ciudad. O de un estado. O era el nombre de una persona. Era algo con ce.

–¿Hotel Chicago? –gritó a la oreja de Pepe.

Pepe entrecerró los ojos.

–¿Hotel Cleveland?

Pepe dubitó, no negó, nomás dubitó.

–¿Hotel Cincinnati?

Pepe abrió mucho los ojos y lo miró con admiración.

–Hotel Cincinnati –dijo.

Aunque las voces a su alrededor eran una maraña innavegable de ruidos, uno de los gritones que los acosaba dijo, cariluminado:

–Hotel Cincinnati –Se señaló el pecho con un dedo–. Hotel Cincinnati.

Y les indicó que lo siguieran.

Él se encogió de hombros, le dijo a Pepe Vamos, y la ciudad los sorbió como una esponja.

El hombre caminaba con prisa pero echando ojeadas para asegurarse de que Pepe y él lo seguían; al bajar del levee y entrar a la ciudad-ciudad propiamente dicha, menos congestionada pero lodosa, el guía comenzó a caminar más lento, hasta que se detuvo del todo, chifló sin dirección clara y de un callejón salió un muchachito al que el guía le dio instrucciones haciendo el signo universal de la caligrafía, y el muchachito salió corriendo. El guía se volvió hacia ellos, levantó un pulgar con aire triunfante y siguió caminando.

Se detuvo frente a una casa con una antorcha sobre la puerta. Exánime, les ofreció con gesto señorial el quicio cuadrado y estrecho, cual si fuera el portón de un palacio. Al lado, un pedazo de tela que decía Hotel Cincinnati.

Entraron uno por uno; adentro el muchachito aún sostenía un martillo en una mano y un pedazo de tela en la otra; había un pasillo oscuro, una mecedora, una chimenea, a sus lados varios sillones en los que tres marineros se entibiaban las palmas, una mesa de roble detrás de la cual una mujer severa ya inquiría Asunto con la nariz.

Él sacó los documentos que ya había mostrado en la aduana, pero la mujer negó impaciente con la cabeza y se talló las puntas de los dedos en la seña universal de Esto es lo que me interesa. Él sacó entonces algo del dinero que traía, pesos, la mujer los calibró un segundo y luego asintió Son buenos, los tomó y le dio una orden al muchacho, que echó a andar por el pasillo.

Lo siguieron hasta un patio interior en el que sólo había pedazos de sillas y mesas encimadas, al fondo una puerta que el muchachito abrió para ellos. Dos catres. Una silla entera. Un gancho para colgar ropa. Un cuenco de peltre. El muchachito señaló otra puerta en otro lado del patio: más valía que fuera el baño. Los miró un segundo en silencio. Hizo la mueca universal de Bienvenidos al Hotel Cincinnati, y se marchó.

El recibimiento al bajar del paquebote fue una anticipación de todo lo que vendría después. Esperar y esperar, no saber decir, no ser escuchado, aprender los nombres secretos de las cosas.

Cuando al fin llegó su turno, sacó los papeles, pero el burócrata que le tocó en vez de tomarlos le hizo alguna pregunta, ¿De dónde viene? ¿A qué viene? ¿A qué se dedica? ¿Cómo se llama? No todas: alguna de ellas. Decidió responder a todas de corrido. El burócrata lo miró con impaciencia y le arrebató los papeles. Empezó a copiar los datos, pero al llegar a Ocupación preguntó algo, él miró la palabra que le señalaba y dijo Abogado, lawyer. El burócrata lo miró inexpresivamente. Apuntó Merchant. Se detuvo otra vez al ver la edad en el documento, 47. Levantó la vista, lo estudió con genuina curiosidad, casi amistosamente, y apuntó: 21. También apuntó como fecha de llegada una que no era, aunque podría estar equivocado: desde hacía mucho ya no sabía en qué día vivía.

Se quedó callado y recibió sus papeles de vuelta. A Pepe lo despacharon con más rapidez.

Se alejaban de ahí cuando cayó frente a ellos el hombre con la brújula.

Una cucaracha atravesaba el techo como quien se aventura al desierto, iluminada por el retazo de luz que entraba desde el patio. Seguían su recorrido en silencio, aunque ambos sabían que el otro no dormía. La observaron ir y venir por un rato. De pronto Pepe dijo:

—¿Cuándo podremos volver?

La cucaracha ahora se daba media vuelta y andaba con prisa hacia un rincón.

—Pronto, seguro.

Tenían que encontrar a los otros. A la mañana siguiente preguntó, apuntando el nombre y gesticulando los largos bigotes, si Mata se hospedaba ahí. No se hospedaba ahí. Preguntó más por no dejar que por optimismo. Ya sospechaba que si existía el Hotel Cincinnati no era éste. Lo que sí no tenía caso era preguntar por el verdadero Hotel Cincinnati, ni modo que le fueran a decir Ah, usted quería ir al *Verdadero* Hotel Cincinnati.

Tomaron una bebida caliente con alusiones de té que la dueña severa apuntó en un cuadernito, se pusieron los abrigos y salieron. Se quedaron unos minutos en silencio sobre la banqueta.

El día estaba soleado, mas la calle no se daba por enterada. No era el peor frío que había sentido, pero era un frío lento que, en vez de pegar de golpe, se tomaba unos momentos buscando por dónde filtrar una película de escarcha bajo el abrigo. Caminaron hasta la esquina y miraron en todas direcciones. Ni rastro de la muchedumbre del día anterior. Se dirigieron hacia el río. Conforme se acercaban, las calles se desentumían, olía a carbón encendido, algunas tiendas comenzaban a abrir, se escuchaban silbidos; un borracho que amanecía con la novedad espantosa de que ya no estaba borracho los miró con la obvia intención de pedirles caridad, pero cambió de opinión de inmediato.

Llegaron al levee y se encaminaron a donde había sido arrojado el hombre de la brújula. De algún modo él esperaba que hubiera rastro de lo que había sucedido, de la golpiza, de la adrenalina, de las miradas. No había nada.

Al regresar al Gran Hotel Cincinnati se encontraron con que dos marineros se chocaban los pechos y las barbas ahí mismo en la, digamos, recepción. Se escupían saliva, tabaco e insultos, como perros con una reja de por medio, o no, porque uno de ellos se inclinó así como quien no quiere la cosa y prendió el atizador que colgaba junto a la chimenea, y el otro, con una agilidad insospechada para tanto pelo y tanta carne y tanto olor a ron, dio un paso atrás, sacó de debajo de un sobaco o sepa dónde una soga gruesa con una bola pesada en un extremo, que giró con perfección una vez, como si enrollara el aire caliente frente a la chimenea, y en el segundo giro le reventó una sien al otro marinero.

Había sido un instante de plasticidad bellísima, a pesar de que también había sido pavoroso el sonido del cráneo al romperse. Ya encontrarían que aquí esas combinaciones eran muy frecuentes.

La posadera severa tronó los dedos e hizo una seña al muchachito, el muchachito se caló un gorro, se puso su abrigo y salió corriendo, y el marido, quien los había guiado al Mundialmente Famoso Hotel Cincinnati, extrajo una pistola de debajo de su sillón, pero no apuntó al marinero, que, aunque no giraba su arma, aún la blandía con el brazo doblado en alto, el marido sólo dijo un par de palabras serenas, que retrocediera, que bajara el arma, que no fuera imbécil, alguna de ésas.

El marinero se enrolló el arma bajo el brazo con un método y calma que no se correspondían con los gritos que seguía dando. Se inclinó hacia el colapsado, le abrió el abrigo y de un inusualmente amplio bolsillo interior sacó unos pantalones. Eran suyos. El posadero observaba sin juzgar y sin distraerse; la pistola en su mano, un hecho ecuánime nada más. El marinero fue tranquilizándose poco a poco y comenzó a hacer comentarios sobre el hombre cuya sangre y materia cranial ya manchaban la sala, Es una lástima, Él se lo buscó, No era mi intención, alguno de ésos.

Al cabo de unos minutos llegaron los plaqueados: desidiosos, como si los hubieran sacado de su muy a gusto en el baño. Eran tres. Uno de ellos le indicó a otro que fuera a examinar a la víctima, mientras le hizo preguntas al victimario. Éste explicó con boca, manos, pantalón y arma lo que ya había dicho antes. El policía le pidió el arma y al hacerlo dijo su nombre, slung shot. Hasta ese momento él pudo apreciar el objeto. Una masa pesada a un extremo, cubierta por un tejido de soga más delgada; el tejido estaba manchado de sangre, no sólo la fresca, había motas ocres en más de un punto de la circunferencia.

El interrogador tenía una actitud comprensiva al escuchar el relato, asentía, luego parecía darle la razón al agresor, moviendo la cabeza de lado a lado en seña de Qué escándalo que le toquen a uno sus propiedades. Le indicó al otro policía, que no hacía nada, que se lo llevara; el policía desenganchó de su pantalón unas esposas pesadísimas, pero el primero le señaló que no era necesario, luego se volvió hacia el que le buscaba el aliento a la víctima, hizo un gesto negativo; el que daba las órdenes le ordenó sacar al muerto, pero no hizo además de ayudar. Se sobó las manos en el gesto universal de Misión Cumplida y se dio media vuelta. El posadero se apiadó y ayudó al policía a arrastrar al hombre. No bien lo hizo, la posadera severa ya trapeaba la intimidad sanguinolenta esparcida por el piso.

Él pensó que los interrogarían como testigos, pero los policías ni los miraron. O más bien: miraron en su dirección un segundo, sin registrar que eran otra cosa que papel tapiz.

Dos días se alternaron custodiando sus míseras posesiones: ropas, pesos, pocos y sospechosos, un libro que se había traído de La Habana sobre la Constitución de Estados Unidos, cartas de Margarita, documentos. Uno se iba a sentar un rato junto a la chimenea mientras el otro hacía guardia en la habitación. Porque quién aseguraba que los ladrones ya no regresarían al Magno Hotel Cincinnati.

Al segundo día encontró un periódico. Era ininteligible a un primer vistazo. Como cuando daba clases de Física en el Instituto y los estudiantes miraban los signos y fórmulas en la pizarra cual si fueran garabatos inhumanos. Entonces él explicaba cómo cada número y cada garabato hacían algo cuando estaban juntos y cómo ese algo era algo profundamente humano, y ellos empezaban a reconocer mundo en las ecuaciones, como uno reconoce animales en las nubes, pero estos animales sí existen.

Unas palabras las sabía, otras las intuía. Pasó esa segunda jornada llevando el periódico de un puesto de vigilancia al otro sin que nadie lo reclamara. Reconoció los horarios de los barcos y su cargamento, anuncios de escuelas de baile, de casas de huéspedes (pero ellos ya tenían donde quedarse, en un hotel, y el Cincinnati nada menos), servicios de mudanzas, la noticia de una mujer, «amante de las artes», la llamaba la nota, que se robó una estatuilla de una casa, la crónica de una bailarina española, la Señorita Soto, que había presentado varias piezas nunca vistas fuera de España, el arresto de un hombre acusado de obtener dinero bajo falsas pretensiones, qué elegante lo dicen, varios conductores de carrozas detenidos por conducir furiosamente, qué bello esto, una mujer que apuñaló a su esposo, una nota sobre Sonora diciendo que era un lugar muy rico y que pronto saldría una expedición de California para aplastar a los apaches, para quedarse Sonora más bien, pero esto no lo decía, remedios contra la gonorrea, recompensas por esclavos huidos y un anuncio que lo descompuso, un Depósito de Esclavos. El anuncio iba acompañado del dibujito de un hombre que se suponía era un esclavo con un atado en una vara al hombro, como si estuviera viajando, como si estuviera haciendo exactamente eso que no podía hacer. Se quedó fijo en la imagen como si fuera el artículo más largo del periódico.

—Y todo eso en un lugar que uno puede cubrir con un escupitajo. Increíble, ¿no?

Alguien había hablado a sus espaldas. En español. Giró la cabeza y descubrió a un hombre delgado y suavemente calvo, envuelto en un abrigo hecho para güesos más contundentes. Tenía ojeras de cansancio honesto y manos delgadísimas, como de niño.

—Rafael Cabañas. —Le extendió una mano.

Él dijo su nombre, le extendió la suya.

—¿Es su periódico?

—Y suyo, ya me lo devuelve cuando termine.

Cabañas se sentó al otro lado de la chimenea.

—¿Qué lo trae a la ciudad?

Notó su afectación en la ce, sospechó que tendría también una jactancia de zetas y de uves.

–Un mero desvío, una delta, digamos.

–Toda esta ciudad es una delta, así es que llegó al lugar adecuado.

–No para nosotros. –Le señaló a Pepe, que en ese momento venía para el cambio de guardia–. Pepe Maza, mi cuñado. Sólo estaremos unos días. Nos vamos en cuanto encontremos a nuestros compañeros.

Cabañas se rio.

–Si supiera la cantidad de gente que lleva años aquí sólo por unos días.

Prefirió no responder a eso.

Cabañas rompió el silencio incómodo:

–¿Y dónde están sus compañeros?

Ahora fue Pepe el que rio.

–No en el Hotel Cincinnati.

–En un hotel que comienza con ce.

–Con çe, con çe –çeçeó Cabañas–, no me viene ninguno a la cabeza ahora. ¿Ya salieron a buscarlo?

–Sí, pero luego de lo que pasó –señaló la mancha que había dejado el cránio rajado del marinero–, hemos preferido quedarnos cerca de nuestras maletas.

–Hacen bien: estas habitaciones tienen la virtud de desaparecer cosas por arte de magia. –Miró al posadero, que dormitaba en su mecedora–. Me sorprende que les hayan ganado la mano. Pero no pueden quedarse aquí para siempre. Les propongo algo: tengo un taller a unas calles; pueden dejar ahí sus cosas de valor.

Intercambió con Pepe por el rabillo del ojo la universal mirada de desconfianza.

–O no. Como quieran. Pero aquí quién sabe quién se las puede llevar; en mi taller al menos sabrán que el ladrón soy yo.

Se volvió a mirar a Pepe, asintieron.

Le devolvió su periódico.

–Hasta mañana, entonces –dijo Cabañas.

Ya se iba a su habitación cuando le preguntó:

–De dónde es usted.

–Mejicano –respondió, y aunque sonaba igual a como lo diría él, supo que lo decía con jota.

–Primero, un café.

Había pasado temprano a tocarles la puerta y tuvieron que empacar rápidamente, como si se evadieran.

–Yo invito –aclaró al sentir que dudaban.

Caminaron de nuevo en dirección al levee, pero por calles por las que no se habían aventurado.

–El mercado de vegetales –veveó Cabañas.

El escándalo feliz del mercado le recordaba los de Oaxaca, los regateos, los pasos y el tintineo de las cucharas, el olor a tierra húmeda; sin embargo, los gritos eran de otra cadencia, las verduras de otros matices, el verde parecía seguir creciendo ahí, sobre las mesas, y había puestos de café en carritos de madera. Cabañas escogió uno que decía Café de Thisbee y se puso a hablar del grano que servían, pero él no le prestó atención porque la dirigió al diálogo que Thisbee la jefa tenía con otra vendedora. Qué hablaban. En qué hablaban. Él podía leer francés; no lo hablaba, pero lo había escuchado muchas veces, con gente que venía de Europa y se la pasaba hablando de Europa y de vez en cuando traía un europeo y, si el europeo era francés, el arribista en cuestión se empeñaba en que el invitado lo mostrara para impresionar a la concurrencia, que casi siempre se impresionaba. Esto no era francés. Sonaba a francés, pero como mejorado, como desprendido de un diccionario y puesto a pasear. Le pareció que conversaban sobre un negocio, a gritos alegres, Ah, no, no iba yo a pagarle por esa porquería, Claro que no, ¿Qué nací ayer?, No naciste ayer, hermana, no naciste ayer, Ni tú naciste ayer, Ni yo, algo así. Thisbee de repente fijó la mirada en él y dijo, debió de decir, Qué me ve, pero luego le sonrió y siguió hablando con la otra.

Era hermosísima, de una morenidad que no había visto antes, el pelo escalando en rizos como una torre y un vestido en capas de color.

–… Comparen con otros si quieren, pero ya les ahorré tiempo, éste es el café más interesante de la ciudad –pontificaba Cabañas–. Vámonos.

Su taller estaba al otro extremo del cuadrante, al que llamaban viejo cuadrante, pero en francés, vieux carré, la vieja plaza, el viejo cuadrante mejor; muchas calles y edificios tenían nombre francés aunque la arquitectura se parecía a la que había visto en La Habana.

Cabañas les prestó un cajón para que guardaran sus cosas, que puso detrás de otro cajón y debajo de una mesa para darles más seguridad. Luego, mientras Cabañas se preparaba para empezar el trabajo, él y Pepe curiosearon por el taller viendo las máquinas, los tipos movibles (no toque eso, por favor, le dijo Cabañas a Pepe cuando levantó las letras de un texto armado), las clases de papel, los carteles y folletos que ya estaban listos para entregar. Entre ellos vio un cartel ofreciendo recompensa por un prófugo.

–¿No le incomoda imprimir estas cosas?

Cabañas pareció no entender la pregunta.

–Hacer anuncios para capturar a gente esclavizada.

–Bueno, yo sólo soy impresor, y es la ley, no es como que vayan a capturarlos para quitarles su libertad. Nunca la tuvieron. Oficialmente ya no hay importación de esclavos, así es que, salvo excepciones, así nacieron.

—Igual fueron capturados —dijo él—, peor: capturados al nacer.

Cabañas arqueó las cejas como si algo le hiciera clic, pero más por curioso que por indignante.

—Supongo que tiene razón, pero eso no cambia nada, la única manera en que pueden de verdad ser libres es si sus dueños hacen todo un trámite y dejan una fianza que no les devuelven hasta comprobar que el liberado se ha ido de Luisiana. Bah, se supone que no sólo se tienen que ir de Luisiana, que se tienen que ir a África, pero en general basta con que ya no estén aquí.

De verdad. Ser libres *de verdad*, si el dueño lo decide. ¿No es más libre el que no pide permiso? Pero no dijo eso, sino:

—Hay otros que llaman hombres libres de color, eso sí lo sé.

—Ah, es que sus padres o abuelos eran libres, porque compraron su libertad (eso ya no se puede, oficialmente, pero se sigue haciendo), o el dueño los liberó por alguna razón, por gratitud, o para no heredarlos a su propia familia y así joderla, pero aun así tienen que hacer un trámite. O porque son hijos de una mujer a la que el dueño liberó. Pero no se crea que es tan común: si viera la cantidad de hombres que están más contentos siendo dueños que padres.

Decidió aprovechar que Cabañas estaba como en salón de clases.

–¿Y los creoles? ¿Son como los criollos nuestros? ¿Europeos nacidos aquí?

–Ah, los creoles. –Hizo con pulgar e índice un gesto como si levantara un pañuelo invisible–. Uhlalá, los creoles. Es muy complicado. Digamos que es una manera presuntuosa de decir Yo soy de Aquí, verdadera, verdadera, verdaderamente de Aquí. Pero eso significa cosas distintas. Hay creoles con ce minúscula y Creoles con Ce mayúscula. La mayúscula está reservada a los blancos que nacieron aquí y que tienen antepasados franceses, los que fundaron la ciudad; también apetecen la Ce mayúscula los que no son blancos-blancos sino blanqueados y que presumen de blancos, aunque cuando están con otros blanqueados presumen que tienen sangre de color, por ejemplo, de los que vinieron huyendo de Haití antes de que se llamara Haití. La ce minúscula es para los que nacieron aquí y con eso les basta para decir que son creoles, aunque hay algunos a los que se les nota el color pero se visten y hablan y comercian como blancos y creen que con eso ya se blanquearon. Y muchos hablan creole que es, cómo le diré, como un francés mejorado.

Por supuesto, asintió.

–Ser creole es algo movedizo, entonces.

Cabañas se alzó de hombros.

–Es muy complicado. Para irse a la segura acuérdese de que, por un lado, están los blancos y, por otro, todos los demás. Habrá blancos que viven en la miseria, pero como blancos pueden casarse, tener propiedades, iniciar juicios, etcétera, y luego están los demás, que o no pueden hacer nada de eso o pueden, pero con restricciones. Los libres de color, por ejemplo, pueden vender frutas pero no alcohol, y pueden ir al teatro. Los esclavos sólo hacen lo que les permitan sus dueños. Y aun entre esclavos hay diferencias: están los esclavos de plantación, que nomás salen los domingos, y los esclavos de ciudad, que siguen siendo esclavos, pero a veces viven por su cuenta, aunque tienen que entregarle a su dueño lo que ganen haciendo otros trabajos y el dueño les da una parte.

Se dio media vuelta para volver al trabajo y añadió por última vez:

—Es muy complicado.

Aunque llevaban ya varios días en la ciudad, al siguiente fue la primera ocasión en que sintieron el olor a mierda por la mañana. Nomás salir del Hotel Cincinnati los asaltó la peste a mierda viva, expuesta; sólo entonces repararon en lo que ahí pasaba por drenaje: unas canaletas por las que discurrían los desechos a cielo abierto.

Arrugaron las narices, qué se le va a hacer, y caminaron. Apenas habían dado unos pasos cuando le dijo a Pepe:

—Vamos primero por un café.

El puesto que les recomendó Cabañas estaba copado. Thisbee sacaba el café de una olla con un pocillo y lo servía en otro al cliente, salpicándolo y salpicando sus propias manos, pero nadie se quejaba; les daba el café y luego una orden, Muévase, debía ser, porque pagaban y se movían al ladito a beberlo; con una mano cobraba y con la otra ya prendía el pocillo siguiente. De pronto los vio y les sonrió como si los conociera.

Pepe le trajo un pocillo de otro puesto. Se los bebieron de pie, en silencio, mirando a la gente comerciar. Cuando ya se iban se volvió a ver a Thisbee por si le sonreía de vuelta. No lo hizo, pero él vio algo, o eso le pareció: no estaba seguro porque estaba descubriendo que necesitaba otro idioma para entender lo que veía tanto como lo que escuchaba, que Thisbee tenía en un brazo un tatuaje parecido al que había visto antes.

Caminaron en zigzag a través del viejo cuadrante, pasaron junto a un teatro donde había ópera, Ópera, dijo él, Jerusalén, de Verdi, un negocio de daguerrotipos, muchos lugares que decían coffee shop donde había mucha gente borracha, perros hambrientos, uno, dos, tres, cuatro, cinco, seis, diez, veinte, muchos perros, una tienda de telas, un juzgado, nota mental: juzgado, un club social. Llegaron al fin del viejo cuadrante y cruzaron al otro lado, junto a una plaza donde un contingente militar practicaba formas, y siguieron caminando. Aquello era, más que la ciudad, las goteras de la ciudad, cada vez más robles salvajes, cada vez más pantano. Seguía habiendo casas, pero ya no los mismos negocios, salvo carpinterías, cafés de borrachos y cabarets, Cabarets, dijo Pepe, y las casas eran menos contundentes, se iban ablandando como el suelo se iba ablandando y se comenzaban a ver enjambres de mosquitos, y a ver más animales, no nomás mulas y caballos y perros, sino iguanas, tlacuaches, Tlacuaches, dijo Pepe, y una víbora.

El olor también ya era otro, un olor insolente, a agua y a detritus. Esa vegetación y esa agua y esa víbora de pronto estaban ahí todas insolentes; era hermoso y no era por ahí.

—Mejor nos regresamos —dijo él.

De vuelta en el Hotel descubrieron que el trapo ahora decía Hotel Saint Charles.

—¿Qué el Saint Charles no es el hotel más caro de la ciudad?

31

—Ya no —dijo Cabañas—. Aparentemente ahora es esta pocilga, que es muy barata, por eso vivo aquí.

—Pero ¿entonces cómo se llama esta pocilga?

—Ahora Hotel Saint Charles, hasta que la gente del Hotel Saint Charles se entere. Normalmente no tiene nombre: eso fue para consumo de ustedes. Sólo que ahora andan diciendo por ahí que en el Hotel Cincinnati roban, así es que el Hotel Cincinnati ya no existe.

Tan distinguido que era el Hotel Cincinnati. Buenos tiempos.

Luego les explicó cómo llegar al lago, que era la dirección en la que iban sin saberlo, sin necesidad de meterse al pantano: había una calzada, Esplanade, que llevaba directo. También les dijo:

—Por cierto, necesito un ayudante, si ustedes necesitan trabajo, pero sólo uno.

Asintieron sin ponerle mucha atención. Ellos se irían pronto, así que qué.

Cabañas le prestó el periódico del día y se fue.

El periódico contaba que unos protestantes habían pegado hojas criticando al obispo católico, que un capturado había sido arrestado por robar unos zapatos, otro por robar pan, otro había mordido a un oficial, una mujer por vestir ropa de hombre, dos hombres justo antes de batirse en duelo, en duelo, hágame el favor, tres músicos por tocar harpos y violines sin licencia.

Y por fin los encontraron. Como tantas cosas que les pasarían por accidente, les sucedió porque era una ciudad que ponía los accidentes en bandeja. Un carro se precipitó sobre ellos como si los caballos y el conductor huyeran del fuego, él y Pepe se arrojaron contra la pared, el carro pasó furiosamente a centímetros de ellos, Pepe lo persiguió, a saber por qué, y al llegar a la esquina se detuvo y se quedó de pie señalando algo al otro lado de la calle.

–Conti –dijo cuando lo alcanzó–. Hotel Conti.

Ésa era la ce. La Ce del Poderosamente Incógnito Hotel Conti.

Entraron a preguntar por Mata. El recepcionista los miró como si fuera a mancharse por mirarlos. Buscó el nombre, Mata, Mata, lo halló, les dio el número de la habitación, señaló por dónde y también un tapetito para que se limpiaran los zapatos.

En cuanto Mata abrió la puerta, Pepe lo abrazó con una felicidad inaudita, sobre todo considerando que ni eran grandes amigos; él a Ocampo, que acababa de llegar con su hija Josefa, no lo conocía en persona, sólo de hechos; a Arriaga sí, y no sólo se abrazaron, sino hasta se dijeron

Benito, Ponciano, Qué bueno que llegaron, Benito, llevamos una semana buscándolos, Ponciano, aunque no era cierto, llevaban una semana angustiados porque quién sabe cómo le iban a hacer para encontrarlos, pero buscarlos-buscarlos no.

—Vamos por un café al restaurante —dijo Mata—, el Hotel Conti tiene un restaurante buenísimo.

Él abrió la boca, pero no dijo nada, no iba a empezar a hablar de pobreza al minuto de verlos; después de todo, estaban alojados en el Saint Charles. Ocampo quizá le vio las palabras saliendo de la boca, aunque no las dijera, y dijo:

—Yo invito.

Se contaron con admiración y saña las mismas cosas: que cuántos borrachos hay por todas partes, que no se puede salir sin regresar embarrado de lodo, que los conductores conducen furiosamente, que el olor, el olor, y eso que es invierno, imagínense si nos hubiera tocado estar aquí en verano, que a veces se oía música pero no se podía saber de dónde venía, que qué ironía salir exiliados por un tirano para ir a caer en una ciudad con capturados, decían «esclavos»; que qué casas tan hermosas, qué maravilla el levee, tanto comercio, es como un pequeño país de tanto comercio que hay, de tanta libertad que hay. Se hizo un silencio después de que esto último fue dicho, una como vergüenza discreta por tanto entusiasmo. Luego Mata dijo:

–Tenemos que hacer una reunión.

Estaban reunidos, pero Mata hablaba de una Reunión con Erre mayúscula, una de esas en las que todo se volvía más solemne e histórico, cuyos participantes –él no, él hacía un esfuerzo consciente para que no–, comenzaban a hablar como si de golpe se les instalaran en la boca las Indicaciones sobre la conveniencia de simplificar y uniformar la ortografía en América, de Andrés Bello, o los habitara el espíritu de Simón Rodríguez.

Quedaron para el día siguiente, ahí mismo, en el Hotel Conti. Los otros habían sugerido ir a encontrarlos al Saint Charles, pero Pepe dijo que para qué, ni estaba tan bonito como se decía.

Hasta que ya tenían su pocillo en las manos fue que Pepe señaló lo obvio.

–Acabamos de tomar café.

Y no habían comido.

–Y no hemos comido –añadió.

–Vamos a ver si encontramos otra cosa por aquí, ¿o quieres seguir con los caldos de hueso del hotel? Lo que encontremos no puede ser más malo y a lo mejor es hasta más barato.

Lo cual era cierto, pero habían ido no por el café, sino por Thisbee, la única persona que les había sonreído desde que llegaron. No había intentado hablarle, nomás quería estar ahí. Pero ella entendió algo de lo que hablaban; hizo un gesto con la mano:

–Comer –eso debió de decir–. ¿Quieren comer?

Asintieron. Thisbee hizo con los dedos A ver muéstreme, él sacó una moneda, ella le pegó un grito a una muchacha de un puesto de frutas y luego les ordenó que la siguieran.

Los llevó a una casa afuera del viejo cuadrante, en la dirección por donde todavía no incursionaban, menos blanquitud, más coloritud, muchos robles robleando despreocupadamente, como con las manos en los bolsillos mientras ven la gente pasar. La casa era de madera de barco, tablones gruesos, resistentes, algunos todavía con conchitas incrustadas; había una puerta delante y otra detrás, alineadas para que circulara el aire.

Tomaron asiento en una banca larga frente a una mesa larga y Thisbee les sirvió dos tazones con una sopa espesa y humeante que olía a mariscos, a apio, a cebolla, a picante.

–Gumbo –dijo.

Normalmente habrían dudado, pero había algo en la consistencia y el aroma del platillo que los hizo coger las cucharas y atacarlo sin detenerse hasta raspar el fondo y, una vez que llegaron al fondo, procedieron a desbaratar con las manos los cangrejitos que quedaban y a chuparlos. Thisbee se reía haciendo comentarios sobre lo rápido que comían.

Luego les dijo Vengan, abrió una puerta y les mostró una habitación no menos pobre que la del Saint Charles pero más amplia y con una ventana que tenía un roble afuera. Les mostró ocho dedos, señalando el cuarto y el comedor.

—¿Entonces?

—Permítanos discutirlo y le decimos mañana —dijo, haciendo lo que evidentemente no era el signo universal de mañana, porque Thisbee lo repitió sin entenderlo; en sus manos el gesto parecía como un montecito en el aire.

Iba a intentar explicar de otra manera, pero ella hizo cara de ah, ya, mañana, mañana, Mañana, dijo en español.

Salieron a conocer los alrededores. Seguía sin saber qué estaba viendo. Desde que habían llegado el paisaje estaba salpicado de fosfenos, como cuando uno se aprieta fuerte los ojos. Sabía qué tenía que hacer para ver mejor.

—Agárrame de un brazo —le dijo a Pepe— y vete despacito.

Cerró los ojos. Escuchó. Un gallo, una gallina, un perro, un martillo lejano atizando un metal, un caballo tirando de un carro sin furia, pájaros persiguiéndose antes de irse a dormir, sus propios pasos en la calle terrosa, gritos, risas y chillidos de niños. Abrió los ojos.

Estaban frente a una casa enorme con varios edificios aledaños. Un cartel viejo decía Olivier's Plantation; uno más nuevo, St. Mary's Orphan Asylum. Vio de golpe los dos lugares en el mismo sitio, como una serie de daguerrotipos pasando velozmente uno detrás de otro, cambiando violentamente sin dejar de ser el mismo.

–¿Cuáles son los lugares SEGUROS, adónde podemos volver? –dijo Arriaga.

El restaurante del Hotel Conti, al que no había prestado atención la primera vez porque los fosfenos, parecía un reducto prejacobino en medio del pantano: sillones dorados, cortinas doradas con lazos dorados, espejos de piso a techo, vajilla de porcelana, meseros capturados de guantes blancos.

–Con Epitacio Huerta en Michoacán –dijo Ocampo.

–Vidaurri en Coahuila –dijo Mata.

–I Álvarez en Guerrero –dijo Arriaga–, aunque Álvarez es un misterio.

–Álvarez no es un misterio –dijo él–, Álvarez está contra del tirano, no hay lugar a dudas; de

Epitacio Huerta no sé, el problema es Vidaurri, él no es un misterio: Vidaurri es un truhan.

–Con **Vidaurri** se puede hablar, no da paso sin huarache, eso es cierto, pero le ofrecemos un huarache de su talla i ya está.

–Entonces vamos a **Brownsville** –dijo Mata–, de ahí a **Coahuila**, de ahí nos vamos unos a **Michoacán** –señaló a Ocampo–, otros a **Oaxaca** –lo señaló a él– i otros buscamos refugio en LA CAPITAL.

Parecía un buen plan, hasta que Pepe, que estaba en la reunión pero no en la Reunión, porque aunque técnicamente también estaba exiliado no era uno de los Exiliados, dijo:

–¿Entonces el plan es escondernos?

Nadie dijo nada. Sorbieron su café como si eso fuera a borrar lo que Pepe había dicho.

–Escondidos ya estamos –siguió Pepe–, y aquí al menos nadie nos quiere matar.

Ninguno le dio la razón precisamente porque sabían que la tenía, pero ése no era un dato Histórico. Siguieron bebiendo café.

–Mandemos **cartas** –dijo Mata al fin–, sondeamos a Vidaurri, confirmamos con **Epitacio Huerta** y con **Álvarez**.

–Álvarez va dos pasos delante de nosotros –dijo él–. Álvarez no nos necesita. Todavía.

Ahora sí asintieron en voz alta los demás.

—Mandémosle a **Comonfort** –dijo Arriaga–, a sondearlo, pero en persona. Así ya tenemos presencia en Guerrero si la revuelta prende.

—Pero cuál es el plan –dijo él–, para qué queremos regresar.

—El plan se arma sobre la marcha –dijo Ocampo–; primero hay que ganar la guerra.

—Primero hay que empezar la guerra –dijo Mata.

—El país está todo el tiempo en guerra –dijo él–. Para qué queremos ganarla, eso es lo que digo. Lo revolucionario sería tratar de que no haya guerra.

Todos, salvo Pepe, que miraba a una señorita creole, lo miraron estupefactos.

—Lo poco o mucho que hagamos, i espero que sea *mucho* –dijo Ocampo–, no lo vamos a hacer nomás mirando. No somos estafermos.

—No somos pandorgas –dijo Arriaga.

—Tenemos que echar a andar la revuelta; ya andando le damos dirección. Y si, como dices, Álvarez ya va a medio camino, no tenemos que empezar a partir de nada.

Iba a decir que a él también le urgía volver, pero que no podían hacerlo a ciegas, necesitaban un plan. Pero ya estaban decididos.

—¿Entonces estamos de acuerdo en mandar *cartas* a Huerta i a Vidaurri i que **Comonfort** vaya a Guerrero? –dijo Mata.

Dijeron que sí y de inmediato el estado de ánimo cambió. Acordaron que Mata y Ocampo escribirían las cartas y Arriaga mandaría instrucciones a Comonfort.

–Ahora, a esperar las *buenas nuevas* –dijo Mata.

A esperar, eso que ni qué. No a volver. A esperar. Quién sabe cuánto. Y haciendo qué.

Nomás salir del Hotel anticipó con horrible lucidez el horizonte de mediocridad y monotonía que se venía. Su familia allá, triste y asolada. El país secuestrado por un manco con delirios de emperador. Y ellos esperando. Se derretiría ahí mismo, en el frío, de hastío anticipado, se reduciría a güesos, a polvo, a nada, de aburrimiento.

Aquello no era la isla de Elba, ellos no eran unos próceres: ellos eran unos parias, unos arrimados.

Justo entonces, a unas cuadras, algo se encendió como un cerillo gigantesco, y a su lado pasó un hombre cantando una canción.

DOS

Lo más importante que sucedió en las semanas siguientes fueron los tambores, no, lo más importante que sucedió en las semanas siguientes fueron los bailes, no, lo más importante que sucedió
en las semanas siguientes fueron los conciertos,
no, un poco el hipódromo, que fue divertido y
fue importante pero de otra manera, no, lo más
importante que sucedió en las semanas siguientes
fue el patio interior, quizá eso sí, o quizá lo más
importante que sucedió en las semanas siguientes
fue que conoció a la canaille y que aprendió lo que
era el funk, o que se enteró, más o menos, de lo
que Thisbee pudo o no haber hecho. Lo que sucedió en las siguientes semanas fue que dejaron de
sentirse como semanas, a veces se sintieron como
minutos y los minutos a veces como días, porque
la ciudad se fue convirtiendo, primero lentamente,
luego con vértigo, de una ciudad de transa y negocios en un animal vivo que comenzó a zarandearse

como si se sacudiera la modorra o las pulgas y después como si no hubiera nada más importante en el mundo que bailar.

Hasta aquellos marineros traían música, no nomás la música por dentro, de quéjese y quéjese a gritos por una calle paralela al levee, quéjese y quéjese del poco dinero que ganaban, la palabra dinero sí se la sabía, clave si alguna, y quéjese y quéjese de otras cosas que no entendió; al frente iban un violinista y un hombre con tambor militar, que tocaba con talento militar, un pom-pom, pom-po-pom, regular, enérgico, pero el violinista tocaba piezas de baile, rápidas y alegres, que nadie bailaba porque iban caminando, salvo él, que acompañaba su violín moviendo la cabeza al compás de la melodía, como si ahí dentro estuvieran las parejas dando vueltas y saltitos.

Caminando caminando vieron que en el Théâtre d'Orléans habían montado Roberto el diablo, de Meyerbeer, que era una ópera vieja, ¡y Le Prophète! que apenas se había estrenado en París cuatro años atrás, que es como decir ayer. Qué lugar éste, rejuveneciendo como si el pantano no importara.

Todo el tiempo estaban rehaciendo las calles. Ahora que Pepe y él se quedaban en el tercer distrito, en la casa hecha de barco, tenía que caminar desde allá y atravesar el viejo cuadrante para llegar al taller de Cabañas. Aprendía a sortear los hoyos de una calle y al día siguiente había trabajadores arreglándola y poco después ya empezaba a descascararse otra vez y luego a ser remendada otra vez y otra vez y otra vez. Los remiendos tomaban más días que lo que las calles duraban transitables. Los trabajadores a ratos trajinaban como estampas ejemplares, más frecuentemente se sentaban en la banqueta a fumar, beber y cantar. Se cantaba mucho.

Cabañas no lo dejaba tocar los tipos movibles, su trabajo era hacer los tambaches de anuncios o proclamas o folletos o invitaciones e ir a entregarlas. En ocasiones, muy pocas, le propinaban una moneda por sus servicios; tenía que conformarse con lo que Cabañas le pagara; a cambio, entre los trayectos por el cuadrante (la mayoría de los repartos eran ahí o en el distrito de los anglos, más allá de Canal) y el periódico que podía leer en el taller, fue viendo cómo, a pesar del frío, la ciudad se empezaba a encender.

–Carnaval –le dijo Cabañas–. Es como si a todo mundo le entrara una picazón que sólo se atiende volviéndose loco.

Vio a un hombre robarse un perro, un perro, cuando había tantos en la calle, y a su dueño alcanzar al ladrón y darle de golpes con la agarradera metálica de su bastón, mientras el perro hacía su parte desgarrándole una pierna. Leyó de una mujer arrestada por robarse dos corsés. Corsés. Una ciudad donde se batalla por corsés. Vio a dos hombres retarse y a un tercero amigarlos con una botella de ron. Leyó de un hombre llamado al juzgado a explicar por qué tenía en su casa a un capturado que no era de su propiedad. Vio a otro niño perdido (no se le acercó).

Un día, al volver a la casa hecha de barco, escuchó los tambores. No eran como el tamborcillo militar del marinero quejoso, no pom-pom, pompo-pom, sino algo como baaam-bam-bam-bam, baaam-bam-bam-bam, algo así; esa lengua tampoco la sabía, sólo era claro que eran unos tambores a los que le sacaban jugo como si fueran teclados, un baaam-bam-bam-bam hipnótico que a la vez iba cambiando de actitud como uno cambia de actitud cuando habla de algo y no nomás lo dice.

Se quedó un rato de pie en una encrucijada blanda (el trazo de las calles en esta parte de la ciudad era todavía más sugerencia que ley) tratando de ubicar de dónde venía la percusión. Baaam-bambam-bam. Sonaba cerca pero, como en muchas partes, todo alrededor.

Entró a la casa de Thisbee distraído por el ritmo en su cabeza, sin pena, sin tocar la puerta. Thisbee estaba con una mujer en su habitación, sentadas en la cama y tomadas de las manos. Thisbee se volvió al oírlo entrar. Por un segundo los ojos le brillaron de nervios, al siguiente se enfocaron de enojo y al siguiente se levantó y cerró la puerta de la habitación.

Perdieron su dinero y se perdieron de vista unos a otros por andar siguiendo los desfiles, unos chiquitos, otros chiquitos y al cabo de unas cuadras, populosos; un desfile los llevó hasta donde vieron su primer incendio, una tienda a las afueras del viejo cuadrante, que no se tardó en prender dos, tres, cuatro, siete casas a su alrededor; alguien dijo, en español, Que queme la suya, vaya, la gente tiene que sacar su platita de algún lado, pero qué culpa tienen los vecinos; el desfile apenas si se detuvo, la banda de violines y flautas y un tambor relumbraron contra las llamas y siguieron tocando detrás de la luz que tres capturados con antorchas les brindaban; a veces les goteaba algo encima, el aceite u otro combustible, a saber, fuego líquido, y los capturados no se quejaban.

Otro desfile los llevó al cementerio de Saint Louis; ahí fueron con Ocampo y Arriaga. Alguien en el Hotel Conti le había dicho a Arriaga que ése era el lugar de los visitantes y él no entendía por qué:

—Sí se parecen a los de México, aunque sí es cierto que hay más tumbas sobre la tierra en vez de enterradas.

Luego se enteraría por qué.

—No escuchaste lo siguiente —dijo Ocampo—, que ahí llegan los visitantes *a quedarse*, y también dijo Espérese al verano.

El siguiente fue el desfile que los llevó al hipódromo, a los cinco. Éste era un desfile diurno, una banda tocando en una carreta y varios hombres enmascarados, las primeras máscaras que veían, de pájaros, de reptiles, de animales inexistentes.

Nomás llegar al hipódromo se separaron. Aquello era como otro río pero donde nomás se negociaba suerte. Había blancos, blanqueados y creoles de color de diversa elegancia. Los que se veían más pobres eran los más ilusionados, como en la iglesia; los más ricos apostaban despreocupadamente, como si se abanicaran.

Estuvo mirando un rato las carreras, sin interesarse tanto en el resultado como en el clop clop fangoso de los caballos, hasta que atisbó a Pepe agarrado de una de las barandas que delimitaban la pista, con unos papeles en la mano. No, no, no, no.

Se le acercó y le hizo gesto de Dime que no es cierto.

–Dos veces, dos, ya mero gano, qué digo ya mero, *ya merito* –dijo Pepe, y añadió, con gran convicción–: pero mira nomás la que viene, ¡mira a la que le aposté!

Le mostró el programa de las carreras, él ya los había visto en el taller y le habían parecido poemas, los nombres de los caballos enlistados uno detrás de otro. Miró adonde el índice de Pepe apuntaba triunfalmente: La Mejicana. Así se llamaba, en español, con jota.

Pepe hizo Eh, eh, eh, cómo no apostarle.

Era una sola vuelta. La Mejicana tenía el número 2, era rojiza y esbelta. Los caballos salieron disparados y de inmediato La Mejicana se adelantó junto al número diez, un animal enorme y sin gracia pero que galopaba con odio. Se escuchó animar a la Dos antes de hacerse consciente de que gritaba Corre, corre, correee dos, dos, dos, ridículamente, pero no le importó, como en los días siguientes a ninguno de ellos le importaría mucho el ridículo. La Mejicana bufaba y el diez, maldito diez, bufaba, y los otros caballos veían la competencia desde lejos, Jódanse, perdedores, gritó Pepe, y el diez y la Mejicana llegaron a la recta final, empujándose, bufándose, y la Mejicana pareció acelerar en los últimos metros, pero el diez, maldito diez, brincó más que galopó, furiosamente, y ganó por una nariz.

Sintió muchas tristezas antes de sentir enojo. La tristeza de esa derrota que por un momento era la única derrota en el mundo, la tristeza de la soledad que sólo conocen los perdedores, la tristeza de las falsas esperanzas. Luego vino el enojo.

–No apostaste todo, verdad.

Pepe miraba al caballo como a un barco que hubiera zarpado un segundo antes de que él llegara.

–No, no todo –dijo–. Bueno, no todo lo tuyo, nomás lo mío, eso sí todo.

–Una trompeta en una taberna, *en una taberna* ¿dónde se ha visto? –dijo Arriaga–. Las trompetas son para las salas de conciertos.

–O para los soldados –dijo Mata.

Habían entrado por fin a uno de los coffee shops. En teoría era eso, un café, pero todo mundo estaba borracho y emborrachándose. Al fondo del establecimiento, la banda: clarinete, violín, una como guitarra corta de un extremo y larga del otro, y una trompeta. Brass Band, decía un cartel detrás de ellos. Tocaban casi sin detenerse, no estaba claro cuándo terminaba una canción y empezaba otra, mezclaban tonadillas de baile con fragmentos de óperas famosas.

—Eso es Verdi, eso es Mozart, eso es Rossini —amargueaba Arriaga.

—Ya había escuchado hablar de esto —dijo Ocampo—. Es la moda.

—Lo que está de moda no es sinónimo de lo que es bueno —dijo Mata.

—Lo que dicen que es bueno a veces es sinónimo de lo que está muriendo —dijo Ocampo.

Lo último que se le aparece con claridad fue aquella noche cuando volvía del taller y pasó frente a un teatro al que entraban y del que salían dos corrientes de gente claramente distintas: formal la que salía, hombres de sombrero sensato, mujeres que antes de pisar la banqueta se quitaban las zapatillas para no arruinarlas; más coloridad, de caras y de ropa, la que entraba, y como contoneándose.

Sabe por qué no se dijo ni por un segundo que cómo, que no, que, a sus años, nomás se hizo chiquito, literalmente se hizo chiquito, como lo era cuando llegó a Oaxaca sin saber modales ni castilla y se metía donde no lo llamaban, a curiosear o a comer, sin que lo vieran. Si algo había descubierto entonces y comprobado el resto de su vida era que no bastaba hacerse invisible, que había que hacerle creer a los señores que también era invidente, para que no se sintieran tocados ni por el roce de una pestaña. Se escurrió entre los que ya habían pagado y entró al teatro, no al teatro-teatro, debía de haber ópera, pero había terminado temprano para eso: un salón enorme en el que habría diez veinte treinta no más como treintaitantas parejas bailando quadrilles, y luego bailando polkas y luego bailando mazurkas. Alrededor del baile había mesas a las que casi nadie se sentaba, con gente coqueteando alrededor, tragos en mano. Había otros salones, brazos del salón mayor, con más mesas, pero a ésas la gente sí se sentaba a jugar juegos y a seguir coqueteando. Y todo mundo estaba borracho.

Salió de ahí aprisa y con ganas de quedarse, como le había pasado tantas veces en lugares que no estaban hechos para él. Este exceso, este exceso terrible, este exceso resplandeciente; no podía quedarse ahí, no podía irse de ahí. Qué devoción al exceso era posible después de ésa.

A una cuadra había otro teatro. Esa vez ni sintió el nervio de la transgresión, se hizo chiquito y se metió con la gente, ahora sí a una sala de conciertos, ahí no había soirée danzante. Pero en el primer nivel no había manera de confundirse con la pared; un cancerbero lo detuvo cuando iba a entrar, le señaló una escalera; subió a la galería.

El escenario estaba lleno de un solo instrumento, diez pero el mismo. Pianos. Diez pianos.

Nueve en semicírculo, cada uno con su respectivo pianista ya sentado en su taburete, y otro piano al centro sin ocupar. Qué es esto. Un hombre de levita salió al escenario y se inclinó ante el público, que le aplaudió fervorosamente, aunque todavía no hubiera hecho nada.

–Gottschalk –dijo alguien a su lado, con reverencia.

Conocía el nombre, pero no de hechos.

Gottschalk se sentó al primer piano y empezó a tocar tímidamente, como alguien que se asoma a una puerta, y luego a pespuntear notas suaves, como quien traspone la puerta a saltitos, enseguida tomó confianza como quien toma confianza y empezó a correr las manos por todo el teclado, no le fueran a robar alguna tecla, y de pronto hizo una seña y un segundo piano comenzó a telegrafiar una melodía más distraída hasta que reparó en esa otra y se le unió y luego uno a uno los otros pianos se empezaron a sumar, caóticamente, hasta que se sincronizaron en una canción patriota, el público todo se puso de pie y se tocó el corazón, cantando, y luego, de un sobresalto, nueve pianos se callaron y Gottschalk empezó a tocar la obertura de Don Giovanni, pero lo interrumpió el segundo piano tocando la obertura de Norma, y el público rio y luego todos comenzaron a tocar juntos como en el café, pero con pianos, diez pianos, otras oberturas. Igual que allá, fue una canción continua y absurda, Gottschalk silenciaba a unos pianistas y facultaba a otros, uno tras otro, los diez, sin parar. El público aplaudía en cualquier momento, gritaba, se volvía parte del concierto.

Nunca había visto algo así. Quién había visto algo así.

¿Fue esa misma noche, al volver conmocionado de música?

O fue a la siguiente

o fueron varias veces siguientes

o una semana después

que Ocampo se le acercó sonriendo, con un vasito elegante, inofensivo, lleno hasta el tope, y le dijo:

Pruébalo

le dijo

no es licor

le dijo

es ajenjo

le dijo:

Sobrevivirás.

Era una pelea de osos. Estaba en una pelea de osos. Dos osos negros sometidos con una argolla por un hombre blanco al cabo de una cadena. Los osos rugían y se tiraban zarpazos echando el cuerpo hacia adelante. Si dejaban de hacerlo, el hombre los instigaba con un palo. Una multitud los cercaba a gritos. Otro hombre tomaba apuestas.

Salió del círculo a empujones y buscó a alguno de los suyos. Ninguno estaba a la vista. ¿Cuándo los había visto por última vez?

Hubo un café, ahí estaban todos juntos. Cuándo. No ese día. Cuándo. Habían bebido café. Mata invitó luego una ronda de buisquis, él dijo que no, Arriaga invitó la segunda, él dijo que no, Ocampo invitó la tercera, él dijo que no, a él le tocaba la cuarta y es probable que la probara por cortesía, ¿o quizá fue la primera que le llevaron la que probó?, no hubo quinta ronda no tanto porque Pepe no tuviera para invitarla, sino porque

hubo un flamazo que vieron desde ahí, salieron corriendo, siguieron el relumbre varias cuadras hasta encontrar el edificio quemándose, y a unos metros Arriaga dijo Dios mío, yo sé qué es esto, es un orfanato de niñas; apenas lo había dicho cuando las vio salir despavoridas, y luego llegó mucha gente que sabe de dónde sacó cubetas y cubetas de agua que la gente se pasaba en filas formadas espontáneamente para tratar de apagar el fuego, hasta que llegaron los carros de bomberos, sus caballos tirando de ellos con furia, como si fueran a apagar el fuego de un bufido; todo eso lo vieron él y los otros, sí, ahí todavía estaban los otros, ya no estaban cuando lo del muerto, porque

hubo un muerto, cuándo, iba con Pepe nomás, de mañana, habían terminado caminando por el levee, que estaba saturado de niebla, y se toparon con una pequeña multitud de gente resacada haciendo bola junto a una pasarela; alguien se había caído entre dos barcos y en lo que se daba cuenta y empezaba a chapotear los barcos ya lo habían destripado, y alguien estaba tratando de rescatar sus tripas como si todavía fuera un hombre; eso no lo vieron los otros, a los otros los vio todavía en otro lugar,

hubo otro lugar, dónde, no era un café, era más oscuro y enclaustrado, no olía a café, a qué olía, a qué olía… Válgale, era un burdel, era un burdel, nunca había estado en uno antes, pero esa manera de las parejas de querendonearse en público no podía suceder sino en un burdel; malditos desgraciados, ladinos, a él siempre lo habían tachado de indio ladino, y vea nomás, ¿de quién había sido la idea? Le pareció ver a Ocampo en algún momento, pero lo perdió; en otro a Arriaga, y que Arriaga también lo había visto, pero ¿se le había escondido? ¿Se le había escabullido, Arriaga? ¿Cuánto tiempo se había quedado ahí? ¿Había sido el día que fue al taller y luego no volvió, por andarse deslumbrando en el viejo cuadrante?

hubo que anduvo deslúmbrese y deslúmbrese con la tienda de daguerrotipos que uno podía ver por las ventanas, con un desfile de bomberos que iban tocando sus instrumentos y que la gente aclamaba como héroes, y con globos aerostáticos sobrevolando la ciudad. Antes de salir a esa entrega que quién sabe cuánto duró, aparentemente todavía duraba, vio la fecha en el periódico del taller, Mañana empieza la cuaresma, se dijo, miércoles de ceniza, no le pasó por la cabeza que ese día era Mardi Gras; leyó la noticia de un bígamo llamado a cuentas, de varias mujeres enviadas al manicomio porque, según, no podían hacerse cargo de sí mismas, de un señor que fue a entregar a su hijo a la policía por ser un chico malo e ingobernable, para que lo metieran en una cosa llamada la Casa de Refugio, hasta los veintiún años. Curioso, entre tanto loco y tanto ingobernable hay unas y hay otros que no tienen derecho a serlo, ahí hay algo importante, alcanzaba a verlo; luego, ¿antes?,

hubo desfiles, improvisados, que se encontra-
ban en las calles y a veces se unían en una misma
dirección y a veces se apretaban de un lado de la calle y seguían cada uno en la que venían; y una pro-
cesión de gente: está caminando otra vez fuera del
viejo cuadrante, va acompañado, pero de quién, va
con más gente, pero no la mira, mira sus pies enlo-
dados; y luego las luces de la ciudad, que ya no se
veían, reaparecen, más precarias, en chozas hechi-
zas y tenderetes donde se vende comida y alcohol
a quien tenga con qué, hasta a los capturados, había fogatas y tambores. Tambores. Los que había
oído antes. Los encontró. Tambores largos, tambores altos, tamborcitos, haciendo un escándalo for-
midable, un grupo de mujeres al centro agitando
pañuelos, aunque mucha otra gente, negra y blan-
queada y alguna blanca pero sobre todo negra, bailaba también, no una quadrille, no una polka, no
una mazurka, algo en otra lengua que él no conocía, una otra gramática de los güesos, nadie bailaba
en pareja y nadie bailaba a solas, no eran una masa, eran múltiples personas rimando en una misma
una estrofa, una stanza, como dicen los italianos:
una estancia. A su lado un hombre con más aci-
cale del propio para esa estancia miraba todo con
enfado, luego lo miró a él como diciendo Por supuesto, y luego dijo, bien clarito, como si al decirlo se parara en un cajón por encima de los demás:

—La canaille.

Y se largó. La canaille. Ahí estaba. La estancia no era un lugar. Eran ellos. Era él.

Y hubo un extravío por el pantano, en el que sólo oía sus pasos chapoteando y sonidos para los que no tenía palabras, ¿de pájaros, de reptiles, de plantas, de agua?, nada estaba quieto; hasta que salió a una parte más sólida y siguió caminando y se topó con la pelea de osos.

No estaba ahí ninguno de los suyos. Se alejó tan rápido como pudo, con la sensación de que estaba viviendo algo que no tenía derecho a estar viviendo, los rugidos y el martirio de los osos, pero también el portento de los tambores, pero también el pantano de esos días confusos y el pantano-pantano entre sus pies, pero la trompeta como una espiga de viento en el café, pero el burdel, pero los pianos, pero el ruido, ese ruido insoportable martillándole el cránio, que al entrar al viejo cuadrante lo hizo desconocerlo, todo era fragor de fiesta, todo era ajeno, giró en una calle, no la reconoció, giró en dos más, no las reconoció, caminó en línea recta varias cuadras, se metió por un callejón que, de pronto supo, no era un callejón, sino el pasillo de una casa, que llevaba al silencio, y al reposo, de un patio interior.

En ese patio no había sillas. Había una, pero esquinada modositamente en un rincón, casi escondida entre enredaderas que subían tres pisos, comentando más que acosando las paredes, macetas floreadas como si no fuera diciembre, todo vivo pero sutil y callado, una como utopía del pantano.

Oyó pasos en alguna parte de la casa. Se devolvió al pasillo; dos hombres bajaron por la escalera que daba directamente a la calle, no lo vieron.

Salió de la casa sin cerrar la puerta.

Había varias personas, hombres y mujeres, sentadas a la mesa larga no como quien llegó a desayunar, sino como quien se quedó a desayunar; aún bebían. Thisbee le dijo que se sentara y al acercársele frunció la nariz y sonrió:

—Funk —dijo.

Eh. Qué.

—Funk, el olor —dijo, y entendió porque hacía las señas con cada palabra—: el olor del sudor, el olor del tabaco —y entendió lo siguiente aunque no hubiera señas para ello—:

—Los amos no lo soportan.

A la mañana siguiente vinieron dos policías y se llevaron esposada a Thisbee, acusada de esconder a una mujer que no era de su propiedad.

TRES

Bandidos eran, por eso estaban ahí. Pero que los llamaran bandidos es otra cosa. Uno tiene derecho a defender su honor con una mano mientras en la otra esconde el puñal. Bandidos eran no sólo por apestados e indeseables, bandidos eran por cosas de las que aquéllos ni sospechaban, por andar en burdeles, por pervertir el curso de la justicia, por ser la canaille; y, quién lo dijera, porque ellos mismos pedirían que los vigilaran, como conjurados que eran. Lo que no sabían, lo peor, lo que descubrieron después de todo esto, es que la suya era una conjura de supernumerarios.

Bajo los techos de la Ley hay un guardián que deja pasar a quien lo desee no porque vayan a beneficiarse de la Ley, sino porque bajo sus techos la canaille deja de ser incómoda y se convierte en una bola de gente con la vida zarrapastreada; otra cosa sería allá afuera, pero ahí dentro no son sino vagos, él también, paseando entre los falsificadores, las prostitutas, los borrachos, los ladrones, unos esposados, otros arrumbados de cualquier manera, hasta los policías, que sólo se distinguen por la placa, en lo demás comparten el mismo uniforme de la canaille.

Ocampo se había metido a una sala a tratar de entender cómo funcionaba esa Ley, mientras él estudiaba a los que sometía.

—Esto no es un juzgado —le dijo Ocampo—: es otra cosa. Aquí no hay jueces, aquí sólo se decide la primera suerte de los acusados antes de enviarlos con un juez.

Lo jaló de un brazo hasta el quicio de una de las salas y le señaló a un hombre al fondo:

—Los meros-meros son unos señores que se llaman Recorders, o Registradores, que deciden a qué corte mandan a cada persona, es decir, a los que consideran personas; a los esclavos y a los libres de color aquí mismo los juzgan y condenan. La cosa se ve mal.

Levantó un índice con súbito entusiasmo pícaro.

—Pero hay dos cosas con las que podemos jugar. Una, he visto que si, por cualquier razón, no llega el fiscal encargado del caso, la acusación se descarta. Y dos, que la señorita que te aloja fue arrestada en el tercer distrito.

–Y eso qué.

–Que el tercer distrito es el más corrupto.

–Pero no podemos ofrecerle dinero a un servidor público –dijo él.

–No le vamos a ofrecer dinero. Es decir, algo le vamos a ofrecer, pero no le vamos a dar nada. Hay que averiguar quién es el fiscal de turno, lo sondeamos y entonces decidimos cómo distraerlo: hay que crear una buena historia.

Entonces vamos a romper la ley, se dijo, y luego se refutó con falsa cientificidad: bueno, nomás vamos a abocardarla.

Ocampo incentivó con una moneda a un guardia para que le avisara cuando llegara el fiscal de la hora, mientras, él fue a buscar lo otro que necesitaban, sin saber cómo lo pagaría (pero lo consiguió). Luego esperaron al fiscal afuera de la sala y, cuando apareció por el largo pasillo, supieron que iba a ser posible: el hombre caminaba arrastrando una jaqueca obvia como una corona de nopal, y, lo más importante, sus ropas delataban que no tenía a nadie en casa que le dijera Pareces un montón de sábanas tiradas.

–An-*toine.* –Se le acercó Ocampo, abriendo los brazos, y le dijo en un francés exageradamente afectado–: Justo a tiempo; ya podemos irnos.

Antoine se desconcertó sin perder la gracia que le quedaba, enfocó a Ocampo, balbuceó Quoi. Ocampo se rio.

—Ayer no parabas de hablar en francés —dijo, en inglés—. Tu acento es magnífico.

Antoine rechazó el elogio con un gesto, pero sonrió concediendo que podía ser verdad.

—En fin —continuó Ocampo—, llegó la hora.

El hombre lo miró evidentemente tratando de recordar el asunto del que ese hombre hablaba con tal seguridad, pero sin mostrar que no tenía idea.

Ocampo se le acercó a un oído y dijo:

—Le plaçage.

Su idea. Cabañas le había contado de la institución local consistente en que algunas madres libres o creoles ofrecen a hombres blancos poderosos alguna hija, como concubina, no como esposa, aclaró Cabañas, porque no es totalmente blanca, pero lo suficiente como para ser compañía de planta, ha de ser quarteroon, un cuarto de sangre de color, u octoroon, un octavo; quién sabe cómo pueden asegurarse de la verdad de esas proporciones, no hay manera de confirmarlo sino confiando en las confidencias; lo importante es que se note el color, porque ése es el chiste de una placee, que es como las llaman, pero que no se note demasiado. El hombre a veces vive la mitad de la semana con la esposa oficial y la otra mitad con la esposa supernumeraria. Hay negociaciones previas para acordar los términos, qué pasará con los hijos, qué seguridades se le dan a la placee. Es muy complicado, añadió Cabañas.

Su otra idea había sido el daguerrotipo, que ahora Ocampo mostraba al fiscal.

—Tal como me lo pidió anoche, aquí está.

Antoine miró a la mujer en el daguerrotipo, fascinado y temeroso.

—La madre nos está esperando. Como imaginará, tiene muchos pretendientes, pero la convencí de que usted es el ideal.

El fiscal miró hacia la sala.

—Ah, ni se preocupe, no hay nada importante, asuntos menores; ya investigué por usted.

Entonces lo jaló con suavidad de un brazo, como quien está mostrando un palacio a un huésped, y se fue todo el camino hablándole de las gracias del plaçage.

Lo llevaron a una taberna del otro lado del viejo cuadrante. Cuando llegaron probablemente ya había pasado suficiente tiempo para descartar el caso de Thisbee, pero de todas maneras le compraron cinco tragos, todos de una vez, se los pusieron sobre la mesa, y luego Ocampo dijo:

—Voy a ver si la señorita está lista; es aquí enfrente. Si tardo no se apure, ya sabe cómo son las mujeres.

El fiscal sonrió con ilusión triste y cogió con mano temblorosa su primer trago.

–Un día encontrará el amor –dijo Ocampo cuando salieron a la calle–, o algo que se le parezca. Si hay una buena razón para no presentarse a trabajar es ésa.

En algunos coffee shops había papeles vivos, pero eran puros papeles vivos en inglés, y, aunque cada vez entendía más, le faltaba la carnita de los papeles vivos en castilla. Entonces iba al levee a ver con quién podía conseguir los del terruño; a veces tenía para pagar por ellos, otras se los regalaban, sobre todo si no pedía que se los regalaran; de pura paciencia, de puro aguantar hasta que era obvio que nadie más iba a ir por ellos: se le quedaban viendo los estibadores, y, con curiosidad, a veces hasta con respeto, se los daban.

(Y las veces que pedía pedía sin rogar; nunca rogaba, no rogaba ni cuando decía Le ruego en un documento oficial, esos que no son papeles vivos, sino lápidas de grosor milimétrico cinceladas en una lengua que nadie habla y en una gramática altanera. Los papeles muertos están para funenariar la vida, para crear la ilusión de que puede ser contenida y archivada. Los papeles muertos abundan en puntos finales. Los papeles vivos, en cambio, vienen calientitos, sangrando tinta, alardiando historias, insinuando desenlaces, dejándose querer, suspensiando las cuitas del día anterior, anticipando las del día siguiente.)

Los papeles vivos locales los leía para corroborar lo que ya había visto, porque la letra escrita convence de lo imposible, desde el movimiento de los mundos, escriturado como clima, hasta el de las gentes, certificado como drama.

Los papeles vivos que llegaban de México se miraban ansiosos de estirar los güesos y contar lo que venían a contar, que, en ese caso, hágame el recabrón favor, era que el dictador había enviado una delegación a Cuba, nada menos que a buscar soldados para una Guardia Imperial. Se rio de buena gana. Ah, qué manco tan patético. Luego se rio de triste gana: ya quisiera él estar allá, con su café y su pancito, no mandando a reclutar soldados, no pensando en imperios, sino en palabras sin tanta mayúscula, inclinado sobre noticias que no lo entristecieran.

Los periódicos habían dicho, también, mientras ellos se extraviaban en el pantano, que Juan Álvarez, Ignacio Comonfort y Florencio Villarreal habían proclamado en Guerrero el Plan de Ayutla.

Que se largue el manco, decía, en palabras más formales, que se largue y que se lleve a sus lamesuelas.

El Doctor Borrego levantó unas pinzas enormes como para prender hielo y le dijo:

—No se mueva, esto tomará un minuto.

Movía la pinza alrededor de su cránio, medía, tomaba notas.

Cabañas los había llevado, a él y a Pepe, con el Doctor Borrego.

—Después de la temporada de carnaval el negocio decae; durante varios meses no tendré para pagar ayudante —les dijo—, pero les voy a presentar a alguien que siempre necesita mano de obra barata.

Los llevó, pero aún no habían hablado de empleo. En cuanto lo vio, Borrego le dijo que tomara asiento y empezó a examinarlo. Era un consultorio más bien pobre, con una mesa, una camilla, algunos instrumentos vagamente médicos colgando de la pared. Al fondo, una cortina separaba el consultorio de otro espacio.

—Qué es esto —preguntó él al fin.

—Frenología —dijo Borrego, como si esculpiera más que dijera la palabra—. Es lo de hoy. Permite averiguar los vicios y las pasiones de una persona midiendo la forma del cráneo.

–¿Y funciona?

Borrego lo miró, incrédulo.

–Claro que no. Ocho de cada diez cosas que vendo no sirven para nada, pero tengo que saberlas de todas maneras.

–Cuáles son las otras dos cosas, las que sí sirven.

–Ah, ésta –sacó la lengua–, el convencimiento. El que se convence de que puede ser curado, puede ser curado, al menos por un ratito.

Dijo ratito. Hablaba español, pero con un acento que no se parecía a ninguno que conociera, podía ser de las antípodas o podía ser de una época desaparecida o de alguna época inexistente.

–¿Y la décima?

Borrego dio dos pasos hacia la cortina y la abrió dramáticamente.

–Esto.

Había otro cuarto, dos mesas, sobre ellas unas cuchillas anchas, como platos, unos cilindros, y tabaco, mucho tabaco.

–Esto es de verdad. Puros. Genuinamente cubanos. Aunque hechos aquí, detrás de la cortina, usted sabe, licencias y esas fruslerías. ¿Están interesados?

Un momento estaba la Plaza de Armas como plaza de pueblo y al siguiente era plaza desierta. Alegre, ruidosa, marchante, olorosa y luego toda plana y toda sope. Él y Ocampo fumaban, Arriaga se sobaba los puños al hablar; llevaban medio atardecer enfrascados en la conjura cuando se oyó el cañonazo. Los tres miraron sobre su hombro en dirección al estruendo, pero no vieron de dónde había salido. Volvieron otra vez la cabeza y de pronto había comenzado una actividad precisa y misteriosa a la vez; no es que todos se movieran: es que unos permanecían quietos mientras otros habían comenzado a andar con determinación del centro hacia fuera de la plaza. No los paseantes: los trajinantes; no los de levita: los de camisola; no blancos ni blanqueados, sino negros y negreados. Tardó un minuto en reparar en el patrón, definitivamente claro cuando se les acercó un plaqueado, lento, circunspecto, mascando tabaco. Se detuvo frente a ellos, que seguían en su banca. Los miró uno por uno y luego, alternando la vista entre Arriaga y Ocampo, dijo:

—¿A quién pertenece éste?

Entendía la intención de la lengua y entendía el índice del policía. Lo siguiente que dijo se lo contó Arriaga:

—¿Sí saben que sólo puede estar aquí acompañado de su dueño o con permiso por escrito, después de las ocho?

Ninguno contestó.

—¿O no oyeron el disparo?

De pronto volvió a mirarlo a él quitándose de la luz para observarlo con más atención. Puso sus manos en la cintura y fue inclinándose en su dirección como si estudiara un bicho. Luego dijo:

—Pero tú no eres… Pero estás vestido así… ¿Qué eres? —Se volvió hacia los otros—. ¿Qué es?

—Mexicano —dijo Arriaga, en inglés.

El policía alzó las cejas como si dijera cosas veredes.

—Já —dijo.

Se dio media vuelta y siguió recorriendo la plaza.

Casas elevadas optimistamente con pilotes de piedra o de ladrillos rompidos, tres palmos de aire entre piso y tierra para que el agua excuse la casa cada que el río se desborde. Se sentaban en los escalones de la casa hecha de barco al volver cada cual de su trajín, Thisbee le daba café gratis y cuando podía él le daba puros gratis. Comentaban con mmms y ahmms el tabaco y el café, saludaban a alguien al pasar, y señalaban cosas importantes: un perro, un vaso, el humo, diciendo cada cual la palabra en su lengua.

Luego, cosas menos señalables: una historia del día o una remota. En una de ésas él señaló la habitación donde había visto a Thisbee con la muchacha.

Quién es. Thisbee lo miró con suspicacia obligatoria, pero de inmediato decidió contarle, con gestos, con palabras en común y otras a intuir:

—No es de aquí, se la robaron de otro lugar, donde era libre, para venderla aquí. Un día la encontré y se vino conmigo.

No dijo dónde la había visto ni qué tanto había tenido que hacer para liberarla, como si fuera, como lo era, simplemente una cuestión de decidirse.

—¿Has ayudado a más?

Thisbee miró hacia adentro, como un piano rodando notas graves, y expulsó una bocanada de humo.

Hay algo en las máquinas que cancela la superstición. Una máquina no especula. Una máquina no tiene prejuicios. Una máquina no tiene anhelos ni convicciones. Una máquina opera con hechos. El hecho de las causas y las consecuencias. El hecho del volumen, el hecho de la densidad. El hecho del metal. Las máquinas son las formas de la inteligencia del mundo.

En eso estaban de acuerdo.

—Ese mismo **principio** es el que debemos seguir con la vida social —dijo Ocampo—, **las leyes de la física** son las leyes de la gente.

—La gente no está hecha de fierro —dijo él—: la gente requiere sentido, dirección.

—Las máquinas tienen **dirección**.

—Las máquinas tienen fatalidad: no pueden decidir nada. Hacen lo que hacen sin remedio.

—No sólo eso —dijo Arriaga—, la gente necesita **algo propio**, no nada más explicaciones, científicas o espirituales, da lo mismo, lo que hace la diferencia es tener un lugar propio desde el cual decidir su dirección. **Su tierra**.

—Es de justicia que tenga la tierra —dijo él—, pero además tiene que saber para qué la quiere.

—Así se puede pasar toda la vida, así se han pasado vidas enteras —dijo Ocampo—, quesque porque los de abajo no saben qué hacer con ella. El verdadero problema es que hay **pocos productores y muchos ociosos**. La propiedad en manos de la iglesia es propiedad ociosa.

—Y la de **los latifundistas** —dijo Arriaga.

—Y la de **los latifundistas** —concurrió Ocampo—. Algo así dice *Saint-Simon*. ¿Lo han leído? *Saint-Simon*. Que, si de golpe se esfumara toda la gente improductiva de un país, el país no perdería nada.

—¿Y **la gente que no tiene con qué** producir? —dijo Arriaga.

—Ah, por eso es que, entre otras cosas, **hay que desaparecer la**

herencia. La herencia sólo perpetúa el número de improductivos.

A él le sonó bien, pero Arriaga achicó los ojos con escepticismo.

–No todas las herencias son iguales. Hay herencias que no son sólo patrimonio del jefe de la familia.

–Por eso digo: hay que **estudiar la sociedad** de la misma manera en que estudiamos el resto de la naturaleza. Entender esto –abarcó la plaza con un gesto–, va a ser útil, aunque ahorita parezca que estamos en el limbo. –Se volvió hacia él–: Tú estás trabajando con un impresor ¿verdad?

–Ya no, ahora estoy liando puros, Pepe y yo.

–Yo entré a trabajar de ollero.

Arriaga y él se volvieron a mirarlo, asombrados.

–Pero tú sí tienes ahorros.

–Un poco. Pero de qué sirve tener si uno no sabe para qué. –Sonrió–. Para entender la sociedad hay que **experimentar** las diferentes clases sociales.

–No creo que una clase sea algo a lo que uno va nomás de visita –dijo él.

–Quizá. Pero se aprende más martillando metal que rezándole a un **crucifijo**.

Fue entonces que oyeron el cañonazo.

Thisbee y él hablaron también de aquello que podía señalarse a riesgo de que el dedo se marchitara, las cosas, que mejor se dejan quietas si no pueden cambiarse, aunque quietas nunca estén sino como multitudes empujando una puerta. Les faltaban, más que palabras, fragilidad y tiempo.

Había, o había habido, un hijo pequeño, que ya no estaba, o que al menos no estaba ahí. Thisbee lo mencionó en un tono que no invitaba a preguntar más.

Él tenía y había tenido familia. Una estaba sola y asolada. De la otra, la que había dejado, casi nunca hablaba.

Para sortear la tristeza ella le contó dónde recogían los tablones de los barcos encallados para convertirlos en casas. Él le contó de cuando vivía con su tío Bernardino en la sierra, y de la vez que pasó toda una noche flotando en la laguna que llamaba laguna encantada, y que había tenido miedo de morirse, pero que fue ahí donde lo prendió la lucidez de la intemperie, que el mundo todo era intemperie, y que mejor salir a enfrentarla.

Más tarde esa noche, a punto de dormirse reparó en que al contarle había dicho yelha, no laguna, *yelha*, en didza, como decía para sí, nunca en voz alta.

Las primeras jornadas en el taller habían sido una pura huida hacia adentro, la contemplación de una gota que contiene las imágenes del mundo pero no permite verlas ni pensarlas, sólo una mancha líquida, plopiando y plopiando las horas. Las siguientes habían sido una incursión en sus manos, en lo que aprendían a hacer, en lo que dolían, en su color y el color del tabaco, en el olor del tabaco que se convertía en el olor de sus manos, en el arduo trajín que daba frutos; la rutina de estirar, enrollar, cortar, envolver, horas pensando con las manos ahora qué procedía: no sólo apoyar a Álvarez, sin tratar de dominarlo, los compañeros no entendían que Álvarez no era leído pero sí sabido, que para cuentearlo les faltaban lenguas, que a Vidaurri había que apoyarlo pero, sobre todo, había que vigilarle las uñas; no sólo eso, sino tener claro ya qué iban a hacer cuando el dictador cayera, porque iba a caer, iba a caer tan ciertamente como que iba a anochecer, pero y eso qué, pero y eso qué, ya había habido demasiados hombrecitos listos que habían empujado al anterior y luego no habían sabido qué hacer. Esto es lo que hay que hacer, pensó con las manos, trajinarle, trajinarle, sacar una reforma, sacar la siguiente, cambiar las cosas antes de que los conservadores se den cuenta de que ya están cambiando. Pasó y repasó en su cabeza, que eran sus manos, las etapas, las batallas, las palabras, las fechas, para echar a andar lo que se venía, aunque luego no fuera a realizarse así, como un proceso ordenado, pero ya iba a ser una flecha disparada, una flecha hecha con los sesos de las manos.

Luego hubo una jornada diferente, una huida hacia adentro otra vez, pero otro adentro más concreto y más temible que las batallas y las conspiraciones, una caída más que una huida, hacia él mero y sus deudas de valor y sus deudas de amor, por sus ranuras, la de la soberbia, la de la soledad, la del vacío. Sus dos familias, ya no una primera y una segunda ni en tiempo ni en importancia, sino ya segundas las dos a sus cuitas miserables, que habían terminado por encerrarlo y treparlo en un barco y en otro y lo habían aterrizado en ese pantano y en ese cuarto de yerbas.

Por eso le pidió a Borrego que le allanara el silencio.

—Doctor, tengo una idea, a ver qué le parece.

Borrego salió de la modorra que cultivaba en su sillón, no salió todo él, sólo un ojo y un dedo que levantó de su panza, donde reposaba, a manera de A ver.

—Cuando estaba en Cuba visité un taller de tabaco; eso ya se lo dije, pero no le conté algo más.

Borrego abrió el otro ojo. Sígale.

–Mientras la gente tuerce, hay una persona ahí que los ayuda, leyéndoles, así no se aburren.

–¿Leyéndoles? ¿Leyéndoles qué?

–Poemas. Leyendas. Anécdotas históricas.

Borrego levantó un poquito la cabeza para otro poquito inclinarla en su dirección.

–¿Usted quiere que les lea poemas?

–No tienen que ser poemas, pueden ser otra cosa.

–No soy muy de libros, sabe, no, no, no, y yo tengo vista cansada.

Volvió a adormecerse. Pero de súbito abrió los ojos y dijo casi con entusiasmo:

–Pero puedo contarles historias mías, eso sí.

Al oírlo, Pepe también alzó la cabeza.

–Puedo contarles cosas que no se cuentan a nadie... Y ustedes –añadió mientras los miraba con desprecio bondadoso–, ustedes son como nadie, aquí escondidos y sin saber inglés.

Se levantó con agilidad de la silla de mimbre, la acercó adonde estaban ellos y, volviéndose a sentar, dijo:

–A ver.

Con la platita que les sobraba a veces iban a probar cafés fuera del viejo cuadrante; cafés más baratos, menos arreglados, también con música, pero de una o dos personas, rara vez una banda, donde se podía ir a platicar o nomás a parar el oído y entre la maleza de lenguas cada tanto detectaban a alguien hablando en castilla.

Se sentaron en un rincón, como solían, y encendieron sus puros. No había la aglomeración de horas más tarde, todavía era más café que cantina, podía caminarse entre las mesas y hasta distinguir palabras ajenas. Así oyó una voz hablando español, no conseguía hilar todo lo que decía, pero sí la pronunciación nítida de la su lengua, aunque con un cantadito golfeño. Le llegaba del otro lado del café. Se volvió a Pepe para ver si lo acompañaba, pero Pepe estaba champurreando un francés mejorado con una muchacha morena y destapada que dudaba entre quedarse o irse, así que les hizo un favor levantándose.

Siguió el rastro de las palabras sueltas, las tildes fortalecidas, algunas eses extraviadas, por un fragmento de discurso: «El protestantismo, ustedes lo saben, no es la avanzada de las luces, ninguna religión lo es, pero comparado con el catolicismo es una bocanada de aire fresco; frente al cristianismo de la ignorancia, es el cristianismo de la civilización».

Ésa fue la primera vez que descubrió que los coffee shops también servían para educarse.

Era un muchacho. Barbado. De traje y chaleco.
De léxico muy fino. Era un muchacho barbado,
grave y elegante, pero no dejaba de ser un muchacho. Estaba de pie frente a cinco o seis hombres
que le ponían atención desde sus asientos y dos o
tres más que sólo parecían hacer como que escuchaban pero no se iban. Quizá no todos entendían
de qué estaba hablando, pero algo había en su én-
fasis, en el certerismo con el que dirigía cada palabra al pecho de los oyentes, literalmente, con la
mano recta, contando el aire con ella; nadie se iba.
   Hablaba de Cuba. Estaba claro que no era la
primera vez que predicaba sobre Cuba. La historia de Cuba antes de Cuba, el asesinato de sus
pobladores originales, a golpe de cruces, el largo
tedio de la colonia. Y, para su sorpresa, una ob-
servación que ya había leído en alguna parte, pero nunca articulada con esta claridad:
   —Y sepan, señores *americanos*, me refiero a los
americanos de este país, que la derrota de España
no será la ganancia suya, de ustedes, no. Porque
ya lo discuten ¿no? «Hay que expulsar a esos españoles decadentes», ¿no? Y sí, muy bien, a echarlos, a echarlos, pero no para hacerles sitio a ustedes, no para para quedarse con Cuba y convertirla
en colonia de esclavos, como ya están discutiendo sus congresistas. No señores, no busquen esa
ganancia donde nosotros.

Al terminar de decir esto, paseó su mirada sobre la concurrencia como esperando a ver si alguien quería rebatirle, pero los pocos que lo escuchaban parecían estar de acuerdo o tratando de entender. Detuvo su mirada un momento en él, con una curiosidad fugaz, luego dejó de hacerlo y se puso a ordenar unos papeles en los que había traído sus ideas.

Él sorbió su café y decidió volver a su mesa a terminarse su puro. Cuando llegó, ahí estaba el café de Pepe, todavía humeante, pero de Pepe ni sus luces. Quién sabe dónde andaría. Se iba quién sabe adónde y luego decía que nomás había estado paseando.

—Esto me recuerda una historia de mi amigo Serge —dijo Borrego—, de la época en que era abogado. No es que luego dejara de serlo o que alguna vez lo hubiera sido: es que en esa época era lo que necesitaba ser. Hablaba como abogado, se vestía como abogado, impresionaba como abogado. Se metía en los tribunales a cazar disputas de propiedad. Convencía a las partes de que lo dejaran encargarse del asunto, que dejaran en paz la propiedad mientras él lo arreglaba; entonces iba y se instalaba allí durante meses, hasta que los diversos dueños se hartaban y entonces se iba como si nada hubiera pasado.

Borrego había recordado la historia luego de ir con él al edificio de la Ley; Borrego le había pedido que lo acompañara a asesorar a un amigo abogado, uno de verdad, a arreglar un problema de tierras. Era un conflicto en California que se estaba litigando aquí sepa por qué, y los documentos estaban en español. Era un asunto sencillo, un deslinde, que supo aclararles sin dilación, pero que había admirado mucho a los oficiales de la corte, que miraban asombrados el conocimiento brotar de ese hombre menudo y enjuto y camuflado con la pared que era él. Borrego había quedado bien y le había regalado un puro extra y entonces habíase acordado de su amigo Serge.

—Tipo astuto, Serge, siempre tiene un negocio interesante entre manos.

—Es su socio entonces.

—Tengo muchos amigos y aún más socios. Esta vida sabia que llevamos algunos no se practica sin socios. No se crea lo que dicen por ahí, que hay muchas manzanas buenas y unas poquitas manzanas podridas. Las manzanas buenas sólo sirven para presumir; el producto que se vende son las podridas. Presumir la verdad bonita y vender la verdad puerca requiere trabajo en equipo.

—Y a este socio cómo lo conoció.

–Oh, profesionalmente. Cayó aquí con las manos quemadas luego de prenderle fuego a su propia casa, jaja, por el seguro. Lo curé, me pagó bien y nos hicimos amigos. Extraños son los caminos de la providencia –finalizó, fuera lo que fuera a lo que se refiriera con providencia.

El Universal que consiguió en el levee traía una nota envenenada contra ellos, aunque, como de costumbre, a él no lo mencionaban de nombre. Los llamaba instrumentos viles de mezquinas venganzas, los acusaba de estar reclutando piratas para invadir el país, de querer abolir la religión, la moral y las costumbres, de profesar la religión de Voltaire y las doctrinas de Danton y Marat.

Pequeña ráfaga de orgullo de que los imaginaran tan consistentes, pero eran más las consecuencias nocivas de rumores así; se indignó, y con esa indignación fue a indignar a los otros, que se indignaron: qué abuso, qué afrenta, cuánta mentira, qué iban a hacer. Cartas. Escribir cartas. Escribieron cartas de refutación para enviar a México, y una carta al cónsul mexicano en la ciudad exigiéndole que desmintiera esas acusaciones, bien sabía que no eran verdad pues los tenía vigilados, lo cual podía o no ser cierto, pero mejor apostar a que sí, y cartas al alcalde y al jefe de la policía pidiéndoles que certificaran que ellos no estaban conspirando ni contratando piratas. Cartas todas escritas en caligrafía arrogante, prosa mayestática y rabiosa estupefacción. En ninguna incluyeron su nombre, bastaba con dos o tres firmantes, no había necesidad de distraer del contenido. Pepe reparó en eso de las firmas y, aunque estaba fuera de la habitación, lo oyó decir:

—A Benito todo el tiempo lo hacen menos, por eso siempre termina chingándoselos a todos.

—Ahí están los chinacos —le dijo el secretario al cónsul apenas entreabriendo la puerta para que los visitantes no se asomaran. Le habrá dicho Que pasen, porque los hizo pasar, a Mata, a Ocampo y a él.

Arrangoiz, el cónsul, tenía frente amplia, unas patillas de rulos que se le escurrían hasta la papada; años antes había desaparecido unos dineros negociados con los bancos para la nación. Estaba de pie. No se sentó ni les ofreció asiento. Se miraron con odio solemne por unos segundos.

—Nuestro negocio es tan corto —dijo Ocampo, como si al cabo ni tuviera ganas de sentarse—, que sólo consiste en entregar a usted el duplicado de la carta que ya le hemos hecho llegar y de la que no hemos recibido respuesta.

Arrangoiz se tomó un par de bufidos antes de contestar.

—Yo no trabajo para ustedes —dijo *ustedes* como si la palabra le ensuciara la boca y necesitara escupirla—, así que nada les voy a responder por escrito, confórmense con esto: lo que yo sepa que han atentado o intentado, lo que yo sepa que atenten o intenten contra el gobierno de México, no es a ustedes a quienes les tengo que rendir cuentas, sino al gobierno. Y la carta que enviaron ya ha sido remitida al gobierno.

—Puede remitir también ésta; nos basta —dijo Ocampo.

Se quedaron en silencio, indecisos sobre la etiqueta para despedirse de alguien a quien se desprecia. Luego se dieron media vuelta y salieron.

W. H. James, el jefe de policía, le había hecho llegar a J. N. Lewis, el alcalde, un documento informándole que había hecho averiguaciones y que daba fe de que no había encontrado indicio alguno de que en las acusaciones contra los Exiliados hubiera algo de verdad. El alcalde añadió una nota con su firma diciendo que era un reporte fidedigno.

Mata leyó ambos documentos en voz alta y todos se animaron en voz alta diciendo ¡Eso! o

¡Ahí está! Luego se congratularon en voz mesurada y luego se callaron. Porque, aunque no lo decían, de pronto habían caído en la cuenta de que lo peor de todo es que eso *era verdad*: no estaban haciendo nada.

Por si fuera poco, tal como ellos tan dignamente lo habían pedido, a partir de entonces comenzaron a vigilarlos.

—Habrán visto lo que pasó el día de las elecciones —dijo Borrego—, la cantidad de matones que estaban en los lugares de votación, las peleas, los muertos ¿Vieron que un policía fue acuchillado? Por eso Serge y yo dejamos de hacer eso. Trabajo no falta, lo que falta es dedicación. Y prudencia. Dos o tres veces nos llevamos esclavos sueltos y los revendimos, hasta la vez que nos topamos al dueño de uno que estábamos vendiendo. Podríamos haber insistido en que era nuestro, pero no teníamos papeles y el otro tenía pistola, así que nos retiramos civilizadamente. Otra cosa en la que no hay que meterse es la falsificación de dinero, es mucho riesgo, pero, por ejemplo, si uno hace por su cuenta boletos para viajar en los vapores y los vende por su cuenta, eso es al mismo tiempo un negocio inmediato y un servicio a la comunidad. Si alguna vez necesitan viajar, pregúntenme nomás.

—¿Y teníamos que venir todos? —dijo Mata. Estaba tratando de cruzar una pierna sobre la otra, pero no podía. Miró a los otros como contándolos de nuevo o esperando que alguien se moviera: Mata mismo, Ocampo, Arriaga y él. Pepe se había quedado, pero a los otros no les parecía una ausencia, lo veían como a un niño o a un perrito. Tratarían, por fin, de ser eso de lo que los acusaban.

Iban amontonados en la balsa de troncos para la que les había alcanzado; el balsero iba de pie al frente, remando, y ellos detrás, fundidos como animal de múltiples piernas.

—Estas cosas no las decide uno solo: no es cualquier cosa —dijo Ocampo.

En cuanto dejaron el río y entraron al bayou, el paisaje se había vuelto más denso, más tembleque y más cercano, como si los árboles se inclinaran a olisquearlos. Durante un buen rato no vieron ningún rastro de gentes, fuera de una casucha perdida entre la maleza y algún cartel de letras indistinguibles.

Víboras enroscadas en los árboles, algunos lagartos a la orilla del agua y otros que se movían paralelamente a la balsa. Cuando los veían muy cerca, ellos se pegaban unos contra otros y el balsero se reía.

Para distraerse, él preguntó:

—¿Y cómo se llama ese lugar al que vamos?

—Barataria —respondió Arriaga.

Se volvió a verlo, incrédulo.

—Sí —sonrió Arriaga.

—¿Cómo es posible? ¿Bautizaron una parte del pantano como la península que Sancho fue a gobernar en el Quijote?

—Eso parece.

—Pero ¿quién? ¿Los piratas? Porque este lugar lo hicieron los piratas, ¿no?

—Jean Lafitte —dijo Ocampo—. Éste era su centro de operaciones, aunque tenía una oficina en la ciudad. No bromeo. Allá atendía. Les había ayudado a éstos —se refería a los *americanos*— a luchar contra los ingleses y desde entonces ya no se metieron con él.

Una rama apareció frente a ellos con súbito degollador y todos se agacharon instintivamente.

—Pero entonces ¿Jean Lafitte había leído el Quijote?

—No le pusieron así por el Quijote —dijo Arriaga—, le pusieron así porque aquí vendían cosas baratas. Se llamaba Baratteur, de algún modo cambió a Barataria. En esta parte viven muchos que vinieron de las Canarias, a lo mejor es por eso.

Se quedaron en silencio unos segundos tras el golpe de autoridad de Arriaga.

–O… o… o… –dijo él, absurdamente contento–, o algún pirata leyó el Quijote.

Barataria era una versión menos sólida, más ruda, menos barcada, más precaria, menos vigilada que el puerto de la ciudad, que de por sí era caótico y rudo pero no precario. Había dos barcos en la bahía, pero la actividad era en tierra, se vendía lino, especias, madera, vino, ron, medicinas. Gente.

–Estará muerto, pero esto parece como si el pirata anduviera aquí –dijo Ocampo–. ¿Todavía hay piratas?

–Siempre habrá piratas –dijo Arriaga–, sólo que ahora se visten mejor. Los de aquí apenas están juntando para el sastre. Ya se aparecerán en la ciudad con títulos nobiliarios.

Se acercaban vendedores a ofrecer sus productos, casi siempre a Ocampo. Todos vestían sus mejores trajes, que a esas alturas ya se les habían ajado; sólo el de Ocampo conservaba un dejo de persona pudiente.

—Vengan —dijo Mata de pronto, jalándolos con un gesto. Mata había ido antes a averiguar con quién era el negocio. Mata tenía unos cuantos muertitos en su haber, de cuando en la invasión del 47 conjugó su saber médico con su saber de puntería.

Él seguía sin convencerse. No que lo que iban a hacer fuera innecesario, sino que tenían que estar de acuerdo en las decisiones que tomarían una vez que hubieran ganado. Pero era como si los otros tuvieran astigmatismo: como todo era borroso, se conformaban con ir tirando lo que tuvieran enfrente. Y tampoco estaba seguro de que no hubiera manera de negociar. El tirano estaba más débil cada día y pronto empezarían a volteársele los leales.

—¿Con quién quieres sentarte a hablar? —dijo Ocampo, y le recordó el hecho, para el que ni él tenía refutación—: ¿Quién era el más culto, el más refinado, el más sabio de todos ellos? Alamán. ¿Y qué hizo?

Qué hizo. Él sabía lo que había hecho; todavía le daban náuseas de pensarlo. Él sabía, pero Ocampo lo dijo de cualquier manera.

—Mandó matar a Guerrero, mandó matar al presidente. Él y otros como él. Como si fuera basura. No era que le molestaran sus ideas: era que le molestaba ser mandado por la chusma. Eso es lo que son.

Por eso estaban ahí, buscando lo que buscaban.

—Vengan —dijo Mata, y lo siguieron hasta un tendido en el que había una mesa con unos trapos cubriendo la mercancía. Se pararon frente a la mesa como esperando alguna palabra clave. El marchante los midió con algo de decepción y luego se dirigió a Mata en francés. Mata asintió y el hombre, retirando la sábana, mostró rifles de diferente calibre.

Se pusieron a comentarlas animadamente, como si supieran de lo que hablaban. Sólo Mata sabía de armas. Pero no tenían dinero ni para comprar la más vieja de las que había ahí. Sólo tenían las ganas y el convencimiento de que debían empezar a moverse. El episodio de las cartas les había dejado claro que, mientras Álvarez ya había comenzado la revolución, ellos se habían convertido en políticos en excedente, en supernumerarios.

—Mexicanos —oyó a sus espaldas.

Se volvió y vio a unos pasos al muchacho que había escuchado en el café. Lo miraba a él, no a los demás.

—Dígales que no le compren al primero con el que hablen —continuó—, la oferta de armas nunca es raquítica aquí.

Ambos ojearon por un segundo a los otros, que señalaban este o aquel fusil con entusiasmo infantil.

—Pedro Santacilia —le extendió una mano el muchacho.

—Lo vi en el café el otro día —dijo él.

—Y yo a usted. No he oído cuál es su asunto, pero supongo que estamos en limbos similares.

Asintió milimétricamente.

Mata estaba discutiendo con el marchante, que le dio un precio evidentemente demasiado alto, no importa qué tan bajo fuera, y Mata puso cara de decepción.

—Hablaremos —dijo.

—Sí, sí, sí —respondió el marchante, aburrido.

Santacilia los saludó con una inclinación de cabeza, se presentaron.

—Conozco gente —dijo Santacilia—. Cuando tengan con qué, se la presento.

Antes de irse Santacilia le dijo:

—Venga por el café. Algo se nos ocurrirá.

Había un ahogado en la camilla del consultorio. Era un ahogado fresco, no estaba hinchado ni mordisqueado por los peces. Parecía más cansado que muerto. Ya estaba ahí cuando llegaron; también estaba quien luego supieron que era un oficial de la corte, serio y apurado. Borrego examinaba el cadáver con gran profesionalidad, le miraba las

pupilas, le picaba los pulmones, le abría la boca.
Luego dio su veredicto:

—Muerte por ahogamiento.

Al menos no lo dijo como si resolviera un acertijo. El oficial de la corte se dirigió a la mesa del consultorio, tomó algunas cosas que había ahí, un reloj, unos billetes, y dejó otros sobre la mesa. Luego fue por otro hombre para ayudarlo a llevarse al ahogado.

—Esto habrá que conversarlo otra vez —les dijo Borrego luego que se fueron los otros—. Van a desaparecer la oficina de policía y sustituirla por una Junta de Policía. A mí me da igual, pero hay que volver a acordar los términos para que nos sigan trayendo a estos pobres, que certifiquemos que están muertos y que ellos hagan una última buena obra —dijo guardando su parte del botín en un cajón.

—¿Este negocio no lo comparte con Serge?

Borrego se quedó mirando la pared como si se metiera en ella.

—Ése era Serge.

Pepe y él lo miraron con espanto.

—No se extrañen. Cualquier día le iba a tocar. Él a lo mejor no, pero yo sí lo sabía. Y que iba a ser así.

—¿Ahogado?

—Ahogado a fuerzas. Asesinado. Un testigo dice que vio a un hombre empujándole la cabeza bajo

95

el agua, en el canal, y que era un hombre propiedad de Serge. Éste era uno que ya se le había escapado antes, pero que aquella vez lo atraparon por la razón más estúpida, imagínense, por robarse una brújula.

Más que porque los vigilaran supo que los vigilaban porque reconoció al que los vigilaba. Su mirada contemplativa, su aparente pereza, su panza esférica. Era el plaqueado que se les había acercado en Jackson Square unas semanas antes.

Lo vio a las afueras del Hotel Conti y después en el mercado de frutas. Ni siquiera disimulaba: era bueno para vigilar porque no le ponía mucho esfuerzo; se distraía, compraba algo de comer, platicaba. Siempre acompañado de un caballo en el que no se montaba, iba ahí atrasito, como un secretario o un testigo.

Una vez cruzaron miradas. Los ojos del plaqueado eran ojos acuosos, turbios. Algo se movía lentamente bajo su superficie.

CUATRO

Esta gente tiene criaderos de gente capturada al nacer.

Esta gente pone a sus hijos, a sus propios hijos, en engorda, para venderlos.

Esta gente, conforme avanza el año y aumenta el calor, se vuelve loca de miedo y huye, cree que regresará la epidemia que en el 53 dejó montones de cadáveres mal cubiertos sobre la tierra y racimos de huérfanos deambulando por las calles. Vámonos, que ya viene, dicen, como si la epidemia no fueran ellos.

–Tienen que irse –dijo Thisbee, no con la firmeza con que lo decía a los clientes que no sabían largarse después de comer, o los que creían que pagar por un café les compraba el derecho a quedarse a estorbar; entonces les decía, con glacialidad jefa, Tienen que irse.

A ellos les dijo Tienen que irse menos como una orden que como algo irremediable. Él no respondió, esperando que algo explicara. Estaban en la cocina; Thisbee abría un pollo por la mitad y ahora le sacaba las vísceras.

–Necesito el cuarto.

Detuvo lo que hacía y por un momento tenso pareció como si fuera a decir por qué. Luego suavizó todo, la cara, los hombros, las manos ensangrentadas, y sonrió benevolente.

–Y ustedes necesitan encontrar otra casa. En ésta no van a sobrevivir el verano.

Vinieron uno tras otro varios señores a ofrecer ayuda, corrompiéndolo:

vino un señor Rivas

vino un señor Cebayos

vino un señor Ajuria

vino un señor Bernardo

a hacerle plática; venían del terruño, traían versiones del cantadito, traían algún recuerdo para que no se olvidara de dónde era, traían dinero.

El tirano los había enviado para ofrecerles alivio a cambio de que le declararan su lealtad, entonces podrían volver y estar en paz, con su familia, con los suyos, allá están los suyos, tómelo.

Dijo que no. Los otros también dijeron que no. Pero ¿no era una infamia entonces haber dicho que sí al dinero que le envió Margarita, dinero de su trabajo, lo que había juntado en el tendajón? El dinero con el que sobrevivían Margarita y sus hijas y su hijo. A María de Jesús y a Josefa no las había visto nacer. No estaba ahí para cuidarlas ni para verlas deslumbrarse con el sol diario del mundo. Pero había tomado su dinero para paliar el que Pepe había perdido y para juntar lo del regreso, eso se decía. Ahora tenían que rascarle a lo que les sobraba porque en el tercer distrito no encontraron cuarto con comida, el primer distrito era el de los anglos, y en el viejo cuadrante era imposible, por el precio al que estaban malacostumbrados.

Borrego les recomendó un cuarto que daba a una letrina.

Vio en los periódicos locales que habían arrestado a dos mujeres itinerantes que cantaban sin permiso. No decía si estaban arrestadas por mujeres, por cantantes, por itinerantes o por la combinación. Un carpintero acusaba a su vecina de tener una casa de mujeres viles y depravadas y de que luego de ir a reclamarle ella intentó prenderle fuego a su carpintería. Se seguía hablando del Plan de

Ayutla; habían hecho bien en mandar a Comonfort: ahora no estaban al margen de los acontecimientos. Ya no había vuelta atrás.

También leyó que era cierto lo que ya había oído de viva voz esa mañana:

—Sabe usted —le dijo en un español deslavado el policía, que se había aparecido entre la niebla, caminando frente a su caballo, no sobre él, no jalándolo, sino frente a él, y cuyo nombre por fin había descubierto en su placa: Twigs—, sabe usted que ayer un pobre diablo tropezó aquí a una cuadra de donde estamos y un carro cargado de carbón lo aplastó. No era de aquí. Era irlandés. Estos extranjeros se mueren con una facilidad espantosa.

—Y me quedé —dijo Madame Doubard— en el paraíso. Yo creo que en el paraíso, en aquel famoso, también había toda clase de olores y toda clase de animales y también los hombres pensaban que cada cosa existente debía agradecérsele a ellos, já. Pero no dejaba de ser paraíso. Cómo irse de este lugar tan descompuesto, si es en lugares así donde suceden las cosas. Si lo sabré yo: para bailar hay que olvidarse de composturas, hay que cogerle gusto al ridículo. Así empezó esta ciudad, o esta versión de la ciudad: sin miedo al ridículo.

Madame Doubard tenía setenta años, el pelo con rizos plateados, unos lentes que le agudizaban los ojos y una figura que no se estaba en paz aunque los tres, Pepe, ella y él, estaban sentados tomando té. Madame Doubard había sido corista en el otro, el podrido continente.

—Antes de que la ciudad existiera, para que existiera, mandamos gente ciega, es lo que los europeos siempre hacemos: enviamos gente ciega, o ciega a medias, que vea únicamente qué puede arrancarse o extraerse para no perder el tiempo con lo que hubiera antes ahí. Luego ya podemos empezar. Y esta ciudad comenzó con enfermos, prostitutas, ladrones, borrachos. Desde Francia empezaron a mandar todo lo que no querían. Eso fue hace mucho, pero a algunas se nos quedó la costumbre de no avergonzarnos de ser eso, desechos. ¿Puede haber un lugar más interesante que donde se arroja lo que no sirve? Ahí es donde se fermenta lo nuevo, donde cada persona aprende a hacer algo distinto, aunque los que lo arrojaron no lo quieran ver.

Habían tocado a su puerta y, en cuanto abrió, Pepe se había arrancado con el discursito que había memorizado: buscaban un cuarto, de preferencia que incluyera comida; no tenían mucho, pero siempre cumplían. Es probable que algunas de esas palabras hayan sonado a inglés; ella las escuchó todas con sonrisa amable, luego preguntó algo en creole, él respondió en francés transcrito, ella dijo ¿Español? Ellos asintieron con entusiasmo.

—Y vienen por el cuarto. La renta es más de lo que me dicen que tienen. Pero pasen, pasen, vamos a tomar té y a hablar, siempre que puedo practico otras maneras de no callarme.

Les contó que había llegado a cantar en el teatro Orleans, «en el anterior, el que se quemó, así que de eso ya hace unos años; estaba apenas un poquito más guapa que ahora». Luego, que se había quedado y, cuando explicaba por qué, es que se detuvo y dijo:

—Pero claro que tengo algo que ofrecerles. Vengan.

La siguieron. Cruzaron un salón con sofás y un maniquí vestido con exceso de sombreros y blusas, subieron al segundo piso, donde había una habitación abierta con cama, y mesita y un sillón y hasta una repisa con libros, que a ellos les ilusionó, pero Madame Doubard ni se inmutó, continuó hasta el final del pasillo, pegó un brinquito y jaló una cuerda y tras la cuerda una escalera se desdobló en dos. Repitió Vengan, subió las escaleras y les dijo:

—No es una habitación propiamente dicha. Propiamente dicho, es un ático. —Y levantó un dedo con gran autoridad—. Pero *es*.

Era un ático. Pero un ático en una casa de piedra, impermeable a los huracanes y, además, en el viejo cuadrante, cerca de su trabajo. Y era lo que había.

–Cuánto.

–Cinco. No incluye comida.

Así llegaron a la casa de Saint Peter.

La cutícula verde sobre la ciudad comenzó a cubrirse de botones blancos como asaltada por una erupción que luego, muy pronto, se convirtió en un estallido de rehiletes de cinco brazos: las flores de jazmín; jazmín por todas partes, al menor pretexto, una epifanía de las narices que cambiaba la comprensión previa de la ciudad, como si se descubriera que lo que era redondo era cuadrado o lo que era dulce era chiloso o lo que sólo era esperar, esperar, esperar, podía también ser un gozo distinto de los pulmones, la victoria del jazmín.

La otra dueña de la casa de Saint Peter se llamaba Polaris; era toda de rizos desordenadamente blancos y grises, vestía un collar morado y ladraba a quien oyera caminar fuera de casa; pero, una vez que Madame Doubard abría la puerta, estudiaba a las visitas dando vueltas alrededor y luego se iba a un rincón a vigilarlos en silencio.

Polaris aceptó rápidamente que Pepe y él ya no eran forasteros y dejó de vigilarlos desde el rincón, aunque de vez en cuando, sin razón aparente, pegaba un salto y se ponía en posición de alerta frente a uno, luego frente al otro, pegaba un pequeño ladrido de advertencia y luego se rascaba o se lamía y los olvidaba.

Cuando Madame Doubard no estaba viendo, Polaris se frotaba contra las piernas de Pepe.

Otro día en que tampoco llegaron los de allá se puso a leer exhaustivamente el periódico local, que no reportaba nada extraordinario: dos ahogados rebotando contra la orilla del río, varios sospechosos de prender fuego a casas propias y ajenas, gente agarrándose a cuchilladas en la calle, mujeres llevadas a la House of Work por incivilizadas; no retuvo los detalles, o sí pero se le desvanecieron cuando descubrió un parrafito al final de otras noticias que decía que había habido un terremoto en México, y lo peor se había sentido en Oaxaca.

—Yo tampoco he encontrado —dijo Santacilia—, ni en el levee ni en los cafés. A veces pasa. Problemas de distribución: algo sucedió en el puerto donde debían recogerlos o en el barco que los traía, o alguien se los robó al entregarlos, y nos quedamos unos días sin noticias de otras partes. Pero, como todo aquí es tan intenso, uno se olvida rápido de que existen otros países.

—Yo no —dijo él.

—Usted no, discúlpeme... Espero que su familia esté bien.

Ya había escrito inquiriendo, pero a saber cuándo llegaría su carta y cuándo la respuesta y los periódicos nomás nunca. Primero había ido en balde con Cabañas y ahora venía en balde con Santacilia. Ninguno tenía. Santacilia le propuso que caminaran para distraerse. Para distraerse, le contó de las otras ciudades donde se había exiliado, Sevilla, Gibraltar, Nueva York, todas ricas, aunque en ninguna como en ésta se le veía la sangre al oro.

Las calles empezaban a transitarse menos; las sombritas, a congestionarse más. Se cruzaron con un hombre fibroso, viejísimo, negrísimo, con aire de que ya nada lo sorprendía, caminando en dirección al lago; de algún modo lograba equilibrar bajo un brazo un tambor largo y cilíndrico.

—¿Dónde tocan cuando no hay fiesta?

—En todas partes, a escondidas, en casas abando-
nadas, en el cuarto de algún hombre o mujer libre,
en las goteras de la ciudad. Antes se juntaban los domingos a pegarle al tambor aquí cerca, en un terre-
no desarbolado, apenas se termina la vieja ciudad.

—Pasé una vez por ahí. ¿Ya no tocan ahí?

—Ya no. Se lo prohibieron.

—¿Ahora para qué lo usan?

Santacilia se detuvo de golpe y se volvió a mirarlo, con algo como piedad.

—¿No sabe?

Unos de los pies, uno tras otro, en hilera. Otros
de las manos. Otros con una argolla al cuello. Casi completamente desnudos.

Un hombre con cara de dueño y otro con cara
de desalmado, un captor y un capataz, se paseaban
entre los capturados, los magullaban, les abrían la
boca, hacían preguntas al vendedor.

—Entre algunos —Santacilia señaló a un grupo
de capturados— llevan cuenta de los años no por
el calendario, que la mayoría ni ha de tener, sino
por el nombre del capataz. Los más sanguinarios
son los más recordados, una marca en el tiempo.

Un vendedor hizo que un capturado alzara una
piedra con dos manos, luego con una, luego que lo

levantara a él. Docilidad y fuerza, promocionaba; además éste sabía pizcar algodón y sabía cortar caña.

–Por si fuera poco –añadió en voz alta pero inclinándose como si dijera un secreto–, es bozal, nacido en África. Ya sé, ya sé, pero, shhh, qué va a hacer un comerciante si un barco que trae cargamento de África se desvía por equivocación. ¿Qué? ¿Negarles la mercancía a nuestros clientes? No. Aquí ustedes mandan, por algo éste es el mercado de manos más grande del país y este país el mejor del mundo.

–¿De manos?

–Así les llaman en las plantaciones.

Manos. Manos sin persona. Pero claro que eran manos con persona. Podían convencerse de que no le estaban haciendo eso a otra persona llamándolos manos. Pero eran manos al cabo de personas.

Y estaban encandenadas. Ahí. Podían haberlo hecho en cualquier lugar. Pero los dueños habían decidido que iba a ser ahí: ahí, donde los capturados se reunían a cantar; ahí, donde ejercían la memoria y donde eran algo más que manos, ahí decidieron que iban a venderlos como ganado.

En el mercado de Gravier (el nombre se le quedaría como un tic para recordarle la presencia del mal), había jaulas y salones para su venta. Un cartel presumía *Locally Owned!* En algunos salones el vendedor les ponía una herramienta en las manos para presumir su oficio: herrería, carpintería, albañilería.

Un hombre estaba derrumbado en el suelo, gemía, su único movimiento era alzarse o dejarse caer casi imperceptiblemente, como huyéndole al contacto de la camisa. Estaba en descuento porque se le había ocurrido mirar a la hija del amo y le dieron tantos latigazos que quedó inservible.

—Pero pueden llevárselo para trabajar en casa y tenerlo ahí como ejemplo para los demás.

El otro horror de Gravier que se le quedó para siempre fue ver cómo un hombre se ponía feliz. Pálido más que blanco, sin afeitar, sin bañar, ensopado de desgracia, sostenía un ramo de billetes como si fueran mano de providencia, mientras el vendedor anunciaba a una joven, muy joven, una adolescente en realidad: sabía trabajar, por supuesto, no había hecho otra cosa desde que nació, pero ahora, ¡justo esa semana!, se había convertido en mujer, ya estaba lista para reproducirse. Tres por el precio de una: trabajadora, fértil y no-por-mucho-tiempo ¡virgen! Quién da más, quién da más, no sean tímidos, no sean avaros, sean sabios, miren que es una inversión que se paga sola, si se la lleva no tiene que volver a comprar, ¡usted puede crear sus propias manos! Sus hijos se convierten, como decía Jefferson, el padre fundador, en una adición al capital. Y, si después de sacarle todas las manos que requiera ya no le puede dar más, puede ponerla en libertad, sin miedo, porque, qué creen, ¡las crías siguen siendo propiedad de usted! Es una ocasión de win-win.

Win-win, dijo.

El hombre, pálido más que blanco, se desmoronaba de nervios a cada segundo y sólo se recomponía con la ayuda de los billetes en la punta de los dedos, y decía:

—Llevo mucho esperando una oportunidad así; he trabajado, he ahorrado, no le quito nada a nadie: sólo quiero una oportunidad justa de dar el salto, de crear un patrimonio para mi familia.

Empezó la subasta. Del otro lado del salón alguien pujaba también por la niña; de este lado la gente tomaba partido por el hombre, ahora lloroso, que conforme aumentaba la puja iba pasando los billetes de una mano a otra mientras repetía:

—Una oportunidad, una oportunidad.

Y el vendedor, entre cifra y cifra, repetía Winwin, win-win!

Cuando la cifra subió al punto en el que el desgraciado ya sólo tenía un billete por añadir, del otro lado del salón el competidor arrojó las manos al aire en señal de derrota y la concurrencia vitoreó al ganador, que ahora lloraba pero de gusto, la gente le palmeaba la espalda, se alegraba por él. En el tablado la niña miraba al suelo con ojos vacíos.

En el Hotel Saint Louis, uno de los más lujosos, la venta sucedía ahí, nomás al entrar, en la rotonda. Los capturados vestían traje y hasta bombín pero no zapatos, o zapatos que claramente no les quedaban. Y a las capturadas las vestían de señoritas blanqueadas y les daban una sombrilla, como si necesitaran protegerse del sol, porque la gente de bien necesita protegerse del sol. Las vendían como se vende un adorno. Un adorno que además se puede escarmentar si no hace lo que se le ordena.

Para qué me trajo, para qué me trajo, para qué, se decía él, para qué me trajo a estos lugares. Pero de inmediato añadió: Cómo no había visto esto antes.

Al ver la pobreza en la que se sometían a sudores, Ocampo quiso ir y compartir el ático con Pepe y con él, u ofrecerles dinero para que rentaran el que quedaba libre, pero no se lo permitieron.

Aunque sea de amigos, dinero regalado es dinero envenenado. Ocampo decidió entonces que se vendría con ellos, se traería a su hija Josefa para ocupar la cama y él dormiría en el suelo, como Pepe (aunque hay de suelos a suelos: el de la habitación fina estaba cubierto por una alfombra gruesa; el del ático, nomás por polvo), pero le dijo que quién sabe cuánto se quedaría.

–No pensé que fuéramos a estar aquí para cuando llegara el verano y no sé si Josefa vaya a soportarlo –dijo Ocampo–: y ya es hora de acercarse; aquello ya empezó sin nosotros.

Volvieron los periódicos de allá al levee, pero por más que los zarandeaba no halló nada sobre las víctimas del terremoto.

Los de aquí describían el incendio de una fábrica de canfeno, que se usa para el celuloide, para la pólvora y para el corazón. Ardió con furia. Lo había visto a la distancia, pero pensó que era un barco. Un editorial celebraba el sistema de salchichas envenenadas implementado por el gobierno, pero se quejaba de que no había implementado uno para recoger los cadáveres y, como consecuencia, había perros muertos por toda la ciudad.

Ése fue el día que Polaris se perdió.

–Verá usted –dijo el niuyorkino con la pureza alegre de quien está a punto de compartir una revelación–, el asunto del progreso no es sólo saber poner en práctica una nueva idea, sino saber cuándo esa idea se ha vuelto vieja.

Él todavía no podía meterse en las conversaciones en inglés sin sentir que cada palabra era un bulto, pero ya entendía casi todo.

El niuyorkino, que era pelirrojo, esbelto como a propósito, condescendiente sin llegar al insulto, había trabado conversación con Ocampo sobre el progreso de las naciones, en el Hotel Conti.

–No me malinterprete, hay de látigos a látigos: hay uno, impresionante, que hace un buum sónico, muy efectivo. Un prodigio de ingenio y sencillez. Pero ya no son tiempos de látigos. Las cosas están cambiando. Y aquí también lo saben, por eso los dueños de las plantaciones dicen que mantienen el sistema no por negocio, sino porque las plantaciones son como una gran familia, que lo hacen para proteger a sus manos de un mundo en el que no sabrían sobrevivir.

—A mí me parece que quedarse con el salario de una generación tras otra es un negocio muy rentable.

—Y vaya que lo es. Eso los yanquis no lo negamos. Aquí los sureños nos desprecian como si no supiéramos de qué hablamos. Pero nosotros inventamos el sur. Fuimos nosotros los que vinimos y les compramos esto a los franceses; fuimos nosotros los que importamos más de un millón de africanos. Era importante para sentar las bases de la riqueza de esta gran nación. Pero esto que hacen aquí... reproducirlos, eso, bueno, además de ser reprobable, es una ventaja comercial ilegítima.

—¿A qué se dedica usted? —dijo él en su malinglés abultado—, ¿qué lo trae por aquí?

—Commodities agent. Negocio manos en grandes cantidades.

—Usted... trafica gente.

—No, no, no, no —negó con aspavientos, purificando el aire—, yo ni los veo; los que se encargan de eso viven en otra época, yo sólo me encargo de cerrar los tratos, de la parte financiera; los tiempos están cambiando, pero no de un día para otro. En lo que eso sucede, hay que atender el mercado. El mercado nunca se detiene.

Mientras hablaba el niuyorkino, una pluma, filtrada por alguna ventana o huida de alguna cocina, se le posó en el hombro. El niuyorkino le hizo Hey a un mesero que pasaba y le señaló con una ceja su hombro. El mesero sacó un pañuelo y recogió la pluma. Eso también era el horror: lo que se pierde cuando no puedes ni sacudirte el saco o lavar un plato cuando lo único que importa es estar confortable. Qué estamos dispuestos a ignorar, a atrofiar, por el derecho a la holgazanería. Cosa tan monstruosa, el confort.

Tuvo el impulso de comentarlo con Mata, pero entonces reparó en que ya no estaba a su lado, se había levantado y se iba de paseo con Josefa; de hecho, hasta ahora cayó en la cuenta de que Mata, tan combativo, de repente parecía haber perdido interés en la conspiración y llevaba días apareciendo y desapareciendo con Josefa. Vio que Ocampo los medía reconcentradamente, como si estuviera ensamblando un reloj.

Unos días después Ocampo y Arriaga anunciaron que se iban para Brownsville, para echar a andar la Junta Revolucionaria. No habían terminado de anunciarlo cuando Mata anunció que se iba con ellos. Se iban todos.

Al pasar por el cementerio, vio que unos plaqueados empujaban a un hombre. El hombre ya estaba
esposado por el frente y aun así cargaba un pequeño ataúd blanco en brazos. Lo llevaban por tratar
de enterrar a su niño sin el certificado obligatorio.
¿Dónde irían a meter al niño, con el padre en la
cárcel? ¿En el cajón de una oficina, en un pasillo,
en un bote de basura? ¿Lo dejarían pudrirse al sol?

Ya se presentía la calor, pero todavía no la mera mera.

–Esto no es lo peor –dijo Twigs, como si le hubiera leído el seso, aparecido a sus espaldas–, esto es nada más para que se dé una idea. Espérese a
agosto. Espérese a septiembre. Y espérese a lo que
viene con la temperatura. Yellow Jack.

Se rio. El caballo de Twigs había seguido caminando cuando Twigs se detuvo y ahora se volvía
a ver por qué la demora.

Él no dijo nada. Pero se le quedó viendo. Sabía mirar de manera que no mostrara ni miedo ni
desafío.

–Agosto –repitió Twigs–. Antes de agosto la
ciudad estaba insalubre, un poco peor que siempre pero como siempre. En agosto estaba enferma.
A partir de septiembre se convirtió en una pústu-
la. Terminamos haciendo como que enterrábamos
a la gente, pero en realidad sólo la espolvoreába-
mos... Ocho mil muertos. ¿Puede verlos? Ocho

mil. Algunos dicen que fueron muchos más. La verdad es que, luego de los primeros mil, uno ya deja de contar. Yellow Jack... Lo estaré viendo, amigou.

Dijo amigou.

Él echó a andar. Al cabo de un minuto oyó al hombre y al caballo siguiéndolo sin prisa.

Los lugares se inventan, a veces, sobre los güesos de otros lugares. Esa ciudad solía ser para ellos el norte, para aquel hombre antes no era nada y ahora era el sur; y también la frontera hacia el este. Y había que empujarla, porque, si no había plantaciones, no había civilización.

Leyó la noticia del acta Kansas-Nebraska, que decía que donde no hubiera prohibición expresa era legal capturar gente (poseer, decía), y que, si un captor viajaba con sus capturados a territorio federal, no por eso iban a ser libres; los capturados tenían la ley pegada a la epidermis.

Leyó que Gadsden estaba negociando para que el ferrocarril de Luisiana a California llegara a un campo de gente capturada, del lado mexicano.

Leyó que en Francia e Inglaterra se planeaba convertir el telégrafo en telégrafo hablado, poniendo unas placas arriba y debajo de la lengua, conectadas con un cable que transmite las palabras. Ya se ha probado con resultados exitosos. Resultados exitosos. ¿Qué eso no depende de *qué* es lo que se diga?

Otra nota alertaba sobre los peligros del golpe de calor y recomendaba llevar un pañuelo húmedo bajo el sombrero; si el sombrero es muy grueso, hacerle hoyos arriba.

Y los demás se mudaron de limbo. A Brownsville, donde sentían que sí hacían algo. Aquí estaban cansados de ser ojalateros; ojalando a la distancia: ojalá que esto, ojalá questo otro, ojalá y ojalá. Allá, al menos, técnicamente estaban más cerca. Por eso se fueron.

O salieron huyendo de la calor.

O porque estaban hartos de tanta muerte ajena.

O porque de Brownsville sí se podía hablar; es que había todo por hablar.

Él y Pepe se quedaron en el limbo conocido.

Llegó carta de Margarita diciendo que todos estaban bien y aún tuvieron unos días de buen ánimo.

Después empezó la temporada del vómito.

CINCO

De la eternidad que ya llevan en la ciudad pasan
a la segunda, muy mucho más larga y más eter-
na, que es el verano. El verano cambia todo: la
razón de las noches, el conocimiento del cuerpo.
El tiempo se estira como cuando niño y cada día
es interminable. Un sol de la infancia, que no está de paso, sino que se esmera concienzudamen-
te sobre la ciudad.

Muy al principio del verano, justo antes de los
días en que el calor se convierte en la calor, es que
Borrego le entrega un frasquito con un líquido
cristalino y le dice:

—Voy a irme de aquí mientras llega el otoño.
Todavía no sé cuándo, pero tenga esto de una vez
y guárdelo en el lugar más fresco de su casa. Ojalá no tenga que usarlo.

—Qué es.

—Quinina.

Busca a Polaris sistemáticamente: primero da vuelta a la cuadra de la casa, luego a las cuadras aledañas, luego recorre Saint Peter hacia el río, luego va hacia el mercado de vegetales; sistemáticamente, todo se puede si sistemáticamente, si se procede con lógica. Pero qué lógica de perro conoce él. No puede saberla. Necesitaría aprender también esa lengua en que los perros se hablan a sí mismos en silencio. Entonces trata de caminar como si olisqueara, curioso; luego se deja asustar por un carruaje y corre sin mirar adónde. Mira los callejones, los hoyos en el camino, los lotes baldíos, con tenacidad, ansioso pero sin perder concentración. Le da vuelta a un cadáver agarrotado en una esquina. No es Polaris.

En el breve lapso entre el calor y la calor en que la calles puntillean de botones de jazmín y todos los otros olores son derrotados, los ánimos se vuelven plácidos, parvadas varias de pájaros se aparecen a practicar su don de lenguas por las mañanas, como si todos fueran políglotas. Por unos días, que en la eternidad que se viene son apenas un instante, es posible pensar que siempre será así, esta armonía perfecta entre el aire, las cosas y los sentidos.

Luego cualquier ilusión de que los elementos del pantano están bajo control desaparece. Despacito, al principio casi imperceptiblemente: las baldosas del patio están tibias aún en la noche, el agua se templa pero todavía refresca, no como cuando llega la mera calor.

La mera calor llega lenta pero insutil y para cuando la nombran ella ya se nombró solita, regando las calles de cuerpos asoleados. Los asoleados se mueren confiando en su cránio, y el cránio los traiciona, se detienen de pronto, se tratan de agarrar de un palo que no está ahí y se derrumban, moridos de muerte cósmica. Los ha visto.

El canal se cubre de una lama verde que lo hace indistinguible de la calle y alguna gente se cae y a veces no aparece; casi siempre son visitantes, así que no importa tanto. Pero un día ve a un hombre que se parece al del primer día y lo sigue a la distancia, el hombre va rápido, parece sospechar que lo siguen, él intenta acercarse para comprobar si la mancha que le ve en la espalda es el dibujo que confirmará que es quien piensa, pero el hombre parece advertir algo, no a él, mira en otras direcciones y apresura el paso, pasa junto a una barrera de hombres junto al canal enlamado, se oye un chapoteo, él llega hasta el borde y se asoma, no lo ve por ninguna parte, apenas si hay una ondulación tersa en el canal empantanado.

No es que los asaltos disminuyan o las armas se guarden, o que, en general o de alguna manera destacable la calor saque a relucir alguna virtud nueva, como no sea que la desesperación lenta se considere virtud, pero sí crea un ánimo distinto a cierta hora, la solidaridad que se tienen los que acaban de sobrevivir a un enemigo en común y se encuentran para celebrarlo. Las noches se pueblan de platicadera, más habitadas que nunca, no de fiesta sino de alivio.

Una de ésas pasa a ver a Cabañas y, mientras Cabañas se prepara para cerrar, él mira los pedidos que solía repartir y se planta frente a una torre de carteles.

—¿Van a repartir esto hoy?

—No, ya es muy tarde. Mañana.

Arranca discretamente uno de los carteles y se lo guarda.

Camina con Cabañas unas cuadras; se despide, pero no va hacia la casa de Saint Peter, sino que atraviesa el viejo cuadrante y va al mercado de vegetales.

Ve a Thisbee trajinando y cantando, sirviendo café y chacoteando, gerundee y gerundee en la noche bendita de maomeno frescor. Le hace una seña, Ven; ella le responde el saludo, pero no deja de gerundiar; él le hace otra seña que ya claramente no es saludo sino llamada, con las puntas de los dedos, y ella le responde como si fuera un juego. Él se pega una palmadita en un muslo que a ella le da entre risa y curiosidad y por eso se acerca y cuando la tiene enfrente le agarra un brazo, ella se sorprende no sólo porque nunca la había tocado, sino porque no bien le prende el brazo lo suelta y le deja, arropándolo, el cartel que dice SE BUSCA, que no tiene una cara, sino el dibujo del tatuaje identificando al asesino prófugo de Serge, el mismo tatuaje que ella tiene debajo del papel. Al mismo tiempo, repara en que Thisbee guarda, atado bajo la manga, un puñal de doble filo.

Borrego ya no ha vuelto a aparecer, y aunque ellos tienen llaves a veces se quedan en el ático y tratan de respirar el aire denso del verano encerrado. Ahí, a punta de monotonía, se les revela la composición del polvo, de la luz y del tiempo.

Puede ver los corpúsculos de los que está hecha la luz, de los que habla Newton, velocísimos, precipitándose por la ventanita. Pero Newton decía que los corpúsculos viajan en línea recta y él ve que esa luz tiene carácter propio, que apenas entra en su ámbito se amodorra y se asienta con el polvo.

También el tiempo se vuelve lelo. Miran y miran y encuentran en las horas interminables nuevos detalles en la pared, nuevos bichos reclamando su espacio, la textura cambiante de la madera, cómo se dilata con la calor. Miran y miran y creen que el día ya se ha agotado pero cuando se asoman por el rombo ven que apenas es mediodía. El aire encerrado ya es irrespirable y tienen que salir a jugársela a la intemperie.

—Ya me quiero regresar.

Quién lo dice. Él o Pepe. Los dos lo piensan. Sin escalas. Sin preparativos. Regresar nomás. Regresar ya. Estar en una sombra que sí refresque.

Cada día hace más calor.

Cada día hay más gente encorvada por la calle, como si no aguantara la espalda.

Cada día ven más bocas con las encías reventadas de sangre.

Cada semana hay más muertos:

Ciento veintidós.

Doscientos siete.

Doscientos doce.

Doscientos cincuenta y ocho.

Trescientos noventa y tres.

Cuatrocientos ochenta y cuatro.

Quinientos treinta.

Y no se ve para cuándo, o cómo, regresar antes de convertirse en dígito.

Madame Doubard se va.

Los llama al salón, les ofrece té y galletas. Se sienta con las manos entre las rodillas. Pareciera que los güesos se le hicieron de alambre.

—Yo no soy de las que se van —al decirlo los mira a los ojos—, pero ya no puedo estar aquí. Por primera vez siento que este lugar me expulsa. No soy frágil. Ya he enterrado gente, vaya si lo he hecho. De mi sangre y de mi corazón. Pero esto, que se me fuera este poquito de compañía… Con todo eso allá afuera… Podría estar pudriéndose a la vuelta de la esquina y no la veo. Sé que ustedes también la han buscado. Qué nos queda, qué me queda.

Tomó unas llaves de un buró y se las dio.

—Ocupen el cuarto donde estaban el señor Ocampo y su hija, ya hay un catre ahí. No tienen por qué sufrir allá arriba. También les dejo a dónde remitir la renta. Si deciden irse, mándenme recado. Y cierren bien.

Madame Doubard se pone de pie y se dirige a la puerta. La ayudan a subir sus baúles a un carruaje.

—La vamos a seguir buscando —dice él.

Madame Doubard los bendice con labios y manos, y se va.

Yelo. Lo traen de Noruega, dicen, o de Nueva Inglaterra. De alguno de esos países de sol menso. Pero dónde estuvo esa agua antes de que se congelara y la cortaran y la subieran a un barco. Qué memoria tiene esa agua. Qué otro río vino a terminar en esos cuerpos abrasados.

Va adonde sabe que se aposta un carrito de yelo, trae una bolsa de cuero y unas monedas para ver cuánto puede comprar. Una docena de gente se amontona demasiado ansiosa para hacer fila y demasiado abochornada para pelear, sólo sudan y levantan las manos. De entre la bola alguien grita:

—¡Si alguno tiene la fiebre, no puede estar aquí!

Se miran unos a otros por un segundo, como si supieran verse la enfermedad, luego siguen rogando.

Nadie sabe cómo se pega. Unos dicen que es el calor. Otros que es el pantano. Otros que son los extranjeros, no hay que dejarlos entrar a la ciudad.

—Yo soy creole —dice uno—, no le tengo miedo. Los creoles estamos aclimatados.

Es un hombre blanqueado que se vistió como para ir a la ópera. Nadie le cede el paso, si eso esperaba. Es el que parece más próspero de los clientes. Los demás vienen, se nota, a comprar yelo para alguien más, la casa donde sirven o el burdel donde atienden, reconoce a algunos meseros de los cafés. El hombre blanqueado está manoteando de puro enojo. No: está espantándose una cuadrilla de mosquitos que se le ha parado a comerle la nuca.

Él mismo siente un piquete en la cara y se quita el bicho de una palmada.

Los trabajadores del yelo están insólitamente abrigados, traen suéter y bufanda y van bajando los bloques de la parte de atrás de una carreta, donde están apilados como muros translúcidos; un muchacho recibe el dinero y otro detrás de él corta un pedazo de yelo y se lo da. Cuando llega su turno y el muchacho ve el dinero que trae y su bolsita de cuero hace cara de No me haga perder el tiempo, recoge pedazos de yelo caído, se los echa en la bolsa y le indica con la mano Hágase.

Al retirarse disfruta por un segundo el frío de la bolsa contra su pecho antes de casi dejarla caer y atraparla en el aire, de la sorpresa de ver ahí, husmeando el fresco del carrito yelero con otros perros, a Polaris. Está cubierta de mugre, pero aun así se le ve el collar y la placa y parece más viva que nunca.

—¡Polaris! —le grita.

Polaris se vuelve, sorprendida, alza las orejas y corre a brincos hacia él; juraría que sonríe, le salta en las rodillas, mueve la cola, estornuda. Los otros perros la miran por un segundo y devuelven su concentración al yelo. Él le mesa la pelambre chamagosa y le dice:

—Vente. Sí vienes, ¿verdad? Vente. ¿Vienes?

Polaris viene, pero lo hace para asegurarse de que no huya la carga con el brazo libre y se lleva las dos bendiciones a Saint Peter.

La gente atraviesa el día aplastada por el mazo solar hasta que en algún momento ya no puede ser contenida y hace lo que tiene que hacer para no volverse loca o para ejercer la locura ya qué.

Él escucha las historias en el mercado, esperando por Thisbee.

Que unos revoltosos fueron arrestados por dejar sus herramientas en el suelo del barco y negarse a trabajar hasta que les subieran el sueldo. Los acusan de motín, pero son huelguistas, aunque nadie utilice esa palabra: en este país *huelga* es palabra prohibida. Que un pescador le metió a un comisario su daga en el pecho cuando el comisario lo multó por quinta vez por vender pescado en mal estado. Que dos ingenieros se pelearon a cuchillo a bordo de un vapor, por una mujer. Que un barril de pólvora fue hallado en el neutral ground en Canal, como si hiciera falta más fuego. Que doscientos bomberos se plantaron frente a la cárcel para exigir que liberaran a un compañero, llevaron una banda de música y, cuando la policía salió a dispersarlos, todos huyeron, salvo el tambor. Que un bebé de tres días fue abandonado en el quicio de una ventana. Que una niña de dos meses murió entre convulsiones causadas por el pavor que su madre le pasó con la leche, aterrorizada por el retorno del padre. Que un hombre le arrancó un labio a otro de una mordida.

Escucha y escucha ojalando que Thisbee aparezca, pero por más historias que se dilata no la ve llegar y decide volverse a Saint Peter.

Va para allá cuando se la topa de frente. Le toma unos segundos reconocerla porque va entallada de pies a cabeza con un vestido amarillísimo que también le cubre las manos y media cara. Entonces recuerda que la ha estado soñando así, como la ve ahora, de un modo que no se permite despierto. Las entrañas saben cosas que la vigilia ignora.

Ve, también, que viene contenta de un modo que reconoce. Ah. Iba a preguntarle cómo es que hoy no ha ido al mercado, pero Ah. Mejor dice:

—Las historias que he escuchado hoy.

—No te conviertas en una —dice ella—, si no hay para qué salir, mejor guardarse durante el día. Por cierto, ¿dónde te estás guardando?

La invita a ver la casa de Saint Peter. En el camino le cuenta de Madame Doubard, de que los otros se han ido, sólo quedan Pepe y él; de Polaris, quién es y que se perdió, y de cómo la halló despreocupada en medio de las hecatombes de personas y de perros. Thisbee dice That's my girl.

Oyen las patitas ansiosas de Polaris del otro lado de la puerta; no les ladra, sabe que es él, pero al abrir no le hace caso, bailotea alrededor de Thisbee, le trae un trapo grueso invitándola a jugar. Thisbee juega con ella sin dejar de mirar los lujos de la casa de Saint Peter, menos con admiración que constatando cómo los ricos amontonan muebles y porquerías doradas.

Pepe no está. Le muestra a Thisbee dónde duermen. Casi tan bueno como mi casa, dice ella, lo mira a los ojos, le sonríe, él siente que la piel se le desmenuza de puro rubor y ella dice:

—No se haga ideas.

Llegan al patio interior; hay una pileta con un espejo de agua donde ha colocado el frasco de quinina. Thisbee le pone tres dedos encima, ahora sí, fascinada; sabe lo que es, pero nunca lo había visto. Luego se da media vuelta y dice A guardarse. Y sale de regreso a sus lugares.

Yellow Jack se deja venir como otra cosa, como un estremecimiento de verano, como un calosfrío o un cambio en la presión del aire, que se repite. Pero no es fiebre, no: son ñáñaras, es falta de agua o de sombra. Después empieza la tos. Una tosecita discreta, que se repite. Sale a ver qué remedios encuentra; en la esquina se topa con un hombre expulsando vómito negro. Compra flor de naranjo, con esto seguro se va, seguro, seguro, seguro se va.

No se va. A la mañana siguiente, al despertar, nota que la piel de Pepe amarillea. Corre al espejo y aun antes de llegar sabe lo que verá, porque siente cómo el cuerpo se le está secando.

Vuelve a la cama y se echa un minuto, un minuto nada más, ahora agarrará fuerzas para levantarse e ir por la quinina.

Despierta quién sabe cuánto tiempo después. Polaris está a su lado, entre la cama y el catre, donde Pepe sigue en la misma posición. Polaris se levanta, lo mira un segundo y sale sin prisa del cuarto.

Se siente amarillo por dentro. Amarillas las entrañas, amarillos los güesos, la sangre transustanciándose en pus. Tiene que levantarse; nadie va a llegar a ayudar. Alza la cabeza unos centímetros, pero de inmediato vuelve a dejarla caer sobre la almohada. Cierra los ojos para concentrarse, pero es entonces que comienzan los sueños.

PRIMER SUEÑO DE BENITO
LA INTEMPERIE

Está de regreso en la laguna encantada, bocarriba; la balsa titubea entre hundirse o flotar. No hay estrellas ni luna, el cielo pesa y se propaga; lo siente encima de su nariz, a punto de aplastarlo, a punto, a punto, a punto, un vacío acechante que no termina de caer. Que no necesita caer. La opresión está dentro de su cuerpo. La intemperie está en su cuerpo, y no hay nadie que pueda ayudarle.

Descubre que a su lado hay un péndulo: cinco bolas de acero, cada una sostenida diagonalmente por dos cables atados a sendos rieles. Puede verse reflejado en las bolas plateadas. La cicatriz en la frente parece más grande de lo que es.

Acerca una mano y jala una de las bolas de acero. Al hacerlo, la bola parece dejar un rastro en el aire que, al mirar mejor, ve que es una fórmula describiendo la curvatura de su movimiento. La deja caer y, al golpear la bola que estaba en reposo, múltiples ecuaciones explotan desde ellas, describiendo la fuerza que una le transmitió a la otra, la que ésta le transmite a la adyacente, la resistencia idéntica que oponen entre sí, el momentum.

Ya no está solo, el péndulo le está explicando el universo.

De repente las fórmulas comienzan a multiplicarse alrededor del péndulo. Describen el movimiento de su mano al retirarse, describen su cuerpo enjuto, describen la balsita mojada y frágil. Después comienzan a edificar: chocan en un vértice que ellas mismas han creado con fuerzas perpendiculares, edifican la tensión de una pared que existe sólo por virtud de lo que están diciendo, y luego otra pared y otro vértice y otra pared y otro vértice y otra pared y un techo, todo constituido por esa otra lengua que sí conoce, las matemáticas benditas, edificándole un refugio contra la intemperie. Es un refugio exacto y preciso, hecho de números y letras y gradientes e integrales… que colapsan alrededor suyo, como ramitas.

Entonces algo cambia. Las ecuaciones describen lo que están haciendo, autopoiéticamente, doblan un pedazo de balsa y describen la fractura que le han causado, le enciman otro pedazo de balsa y describen la fuerza gravitatoria que ejerce uno sobre el otro; un pájaro solitario vuela por encima y, como si tuvieran brazos, las ecuaciones se describen a sí mismas alzándose y atrapándolo y destripándolo y usando sus restos para afianzar el refugio pequeño y concreto que le edifican, para el que no hay suficiente materia sino la que trae puesta, su traje ajado, sus zapatos polvosos. Están llevándose todo. Sabe que sigue él, que la suya es la única materia disponible, que el refugio tiene que ser hecho ya no para él, sino hecho de él.

Estira la mano y detiene el péndulo, pero el monólogo de la razón ya no lo necesita, no se detiene, lo rodea, lo geometriza, comienza a desprenderle las manos.

SEGUNDO SUEÑO DE BENITO
MELCHOR OCAMPO: SOCIALIST VAMPIRE SLAYER

El salón tiene los techos más altos que Ocampo haya visto y están limpios, sin telarañas, como habitados. Cortinas de terciopelo negro cubren los ventanales por completo. Hay candelabros encendidos en las paredes, en la mesa del comedor, en mesitas varias. Dos pinturas de cuerpo entero retratan con fidelidad perturbadora a los anfitriones, pareciera que fueron pintados ese mismo día, aunque es evidente que son lienzos antiguos.

El vino es excelente. Tan oscuro que es casi negro.

–Cien años de añejamiento –dice ella, la marquesa, sus pechos palidísimos apremiando el escote– en barricas de roble francés.

–El roble americano también es bueno. –El marqués se atusa el largo bigote–. Por eso vinimos a la Luisiana. Estos robles son como una cuna rejuvenecedora.

Lo citaron a la media noche. Le han dicho cuánto han oído hablar de él, lo contentos que están de que haya aceptado su invitación. Le han servido un filete medio crudo y una ensalada de papas. Se ha tomado mucho tiempo para terminar su plato y luego ha pedido más. Ellos no comen, pero no les pregunta por qué. Sabe por qué. Sabe lo que son.

Ellos también saben lo que él es.

–Cuéntenos de cuando cerró todas esas iglesias en su tierra, en ¿cómo se dice…? –pregunta la marquesa.

–Michoacán. Cuando era gobernador. No hay mucho que decir. –Quita importancia a la anécdota con un gesto de la mano–. No me dejaron opción. Querían jugar a las vencidas, y jugamos. A veces no queda de otra sino la fuerza.

–Amén –dice el marqués, y los dos ríen, como si hubieran hecho una travesura.

Pide permiso para ir al baño y en el camino constata la información que tenía: una familia, mujer, hombre, dos niñas, está presa en la cocina. Se encogen y se abrazan al verlo pasar. Tienen heridas en el cuello. Ocampo se lleva un dedo a los labios, menos para pedirles silencio, que ruido no hacen, que para comunicarles complicidad. Se dilata un minuto en el baño y vuelve.

El vino se ha terminado; Ocampo agita innecesariamente la botella para hacerlo notar. La marquesa dice Ahora traigo más, se levanta y desaparece por un pasillo.

Ocampo aprovecha para ponerse de pie también. Ahora es cuando. Se acerca a una pared y dice:

—¿Ésta es una mancha de humedad o así venía la cantera?

El marqués se levanta, intrigado.

—¿Dónde?

—Aquí, mire —Ocampo señala un punto, el marqués se inclina para mirar y pone una mano al lado de la mancha inexistente.

—No veo…

Pero no termina la frase. Ocampo saca de su abrigo uno de los gordos clavos oxidados que le han venido pesando y de otro el martillito que trajo al efecto y antes de que el marqués repare en la trampa le clava la mano al muro de un martillazo seco. El marqués se vuelve a mirarlo con sorpresa, pero Ocampo ya ha sacado el segundo clavo y le atraviesa la otra mano hasta sentir que penetra la pared. El marqués pega un alarido y con el alarido muestra los colmillos y los ojos se le inyectan de sangre.

La marquesa está de regreso en el salón. Los mira tratando de comprender qué sucede. Apenas le toma un segundo. Han traído al enemigo a casa. Ruge, suelta la botella, que cae al piso sin romperse, de un salto espantoso atraviesa todo el salón y cae sobre él, colmillos de fuera, uñas súbitamente crecidas. Ocampo aprovecha el impulso de la marquesa para arrojarla contra una silla, que se destroza. La marquesa se recompone y le da un revés en la cara; Ocampo siente una muela aflojarse, saca una cabeza de ajos, casi triunfalmente, pero la marquesa los hace volar de un manotazo. Ocampo retrocede, cae de espaldas y de inmediato la marquesa cae otra vez sobre él, asestándole un rodillazo entre las piernas. No puede quitársela de encima, es fuertísima, lo más que consigue es poner un brazo entre su cuello y las fauces de la vampira. Con la otra mano saca el puñal que guarda junto a los dos clavos restantes y se lo entierra en el pecho. La marquesa detiene su ataque, se sienta en el suelo, mira el puñal hundido hasta el mango, extrañada, casi ofendida. Ocampo aprovecha para escurrirse hacia atrás y levantarse.

La marquesa se saca el puñal de un jalón. Ahora está deveras enojada. Ocampo piensa que quizá podría haber planeado esto mejor.

El marqués no ha dejado de pegar alaridos, pero los clavos aguantan. La marquesa se da vuelta hacia él; Ocampo sabe que va a liberarlo y que no tendrá otra oportunidad. Ambos saltan y, en cuanto ella se apoya en la pared para extraer los clavos, él coge otro con presteza y se lo clava en la mano apoyada. Los vampiros lo miran, incrédulos, y eso le da la fracción de segundo que necesita para martillar el último clavo en la última mano vampírica.

Se deja caer, apenas unos pasos detrás de ellos. Está agotado, el brazo con el que se defendió sangra profusamente. Todo le parece silencioso por unos segundos. Luego los alaridos de los vampiros lo devuelven a la realidad. Se acerca a ellos, martillo en mano, y remacha los clavos. Los vampiros intentan morderlo, pero no lo alcanzan.

Recoge la botella de vino del piso, la abre, bebe del pico y se sienta en una silla.

–¿Cómo los metió? ¿Cómo los metió? –pregunta el marqués a rugidos, no sabe si a él o a la marquesa.

–Qué.

–¡Los clavos! ¿Cómo pudo meter a la casa clavos consagrados sin que nos diéramos cuenta?

—Já —Ocampo los mira divertido.

—¿Y por qué hace esto? —ahora ruge ella–. ¡Usted no es religioso!

Ocampo le da otro trago a la botella, se pone de pie.

—Mire, señora, mire, señor, digo señora, digo señor, porque ya es hora de reconocer que los títulos nobiliarios a nadie hacen invulnerable. Señora, señor: ustedes pueden creer en lo que quieran, el Papa puede creer en lo que quiera. Pero esto —señala hacia la cocina–, esto no tiene que ver con creencias. Esto tiene que ver con que ustedes son unos hijos de la chingada. —Le pega otro sorbo a la botella y añade–: Como el Papa.

Se acerca a la ventana. Los vampiros se revuelven contra la pared con desesperación, tiemblan, chillan, lanzan inútiles tarascadas al aire.

—Qué cosa lo largos que son los días de verano en esta ciudad, ¿no es cierto? El sol sale cada día más temprano.

Prende un extremo de la cortina con decisión. Se detiene. Vuelve la cabeza hacia ellos. Les dice:

—Estos clavos los encontré junto a las vías del tren. Éstos no son clavos consagrados. Estos son clavos de obrero.

Y abre violentamente la cortina.

SEIS

Veía con cuerpo de salvado y se preguntaba, como si acabara de llegar, Qué hago aquí, extrañándose de las calles que había recorrido tantas veces. Nada renueva el mundo como los ojos de los salvados: sus güesos trembleques, su carne amarillenta, sus labios resecos.

Vio el detalle en el balcón de una de esas casas extrañas: un dibujo humilde, pero hecho en hierro, hasta allá arriba. Pepe, que también fantasmaba más que caminaba, se detuvo un par de pasos después que él, se volvió y lo miró como a un recién nacido, pero ya viejo y de pie, como parido por la banqueta.

Sin embargo, por dentro él había salido del estupor. Estaba bien despierto, sabía lo que estaba viendo y tenía que verlo más de cerca. Cruzó, se detuvo en el vértice de las dos calles.

—¿De qué lado crees que esté la entrada?

Más que escuchar la pregunta, Pepe miraba la energía incongruente que le había aparecido como por arte de magia.

—Debe de ser ésta —se decidió por el lado de Royal.

No era la primera vez que cruzaba un umbral sin pedir permiso. Giró el pomo de la puerta y entró. Pepe quecarajeó a sus espaldas, pero fue detrás de él.

Un cubo de oscuridad. Una escalera inmediata. Un pasillo al lado a cuyo fondo se veía una línea vertical de luz que traía, sí, la luz, trinos de un patio interior. Qué ganas de verlo. Pero no se distrajo más de un segundo. Subió como jalado por los tapetes de los escalones. A sus espaldas Pepe ascendía en silencio heroico.

Una mujer apareció en la cumbre de la escalera cuando le faltaban dos escalones para alcanzarla. Los miró más con incredulidad que con espanto, como indignada de tener que reparar en algo donde normalmente no habría nada. Era la dueña. Se le notaba en la cara de autoridad con la que estaba a punto de indicar que por ahí no entraba la servidumbre o a preguntar si tal o cual los enviaba, pero entonces, en un rapto de inspiración, él, levantando un índice con la solemnidad de un niño que repite una lección, dijo:

—Hay cosas que no se pueden ver hasta que la cosa lo decide.

Y se escurrió al lado de ella hacia el balcón.

Pepe musitó Vas a hacer que nos maten, luego sonrió a la dueña a manera de Nada que agradecer, es nuestro trabajo. La dueña se volvió hacia el balcón, luego hacia Pepe, tratando de decidir qué eran, porque no eran ladrones, ¿quizá había olvidado que vendrían unos albañiles? Tan impensable que gente así entrara, con ese desparpajo, y sin armas ni nada.

Él caminó hacia el balcón, agachándose a cada paso hasta quedar con una rodilla en el piso y el dibujo frente a los ojos. Sí: era el dibujo que había visto por última vez en la piel de un ahogado.

Los meses siguientes se dispararon como escapando de una olla de presión.

En noviembre discernió que allí la estación jubilosa no era la primavera, sino el otoño. Era el sol opresivo lo que se replegaba y permitía a la gente salir sin maldecir los elementos. Las banquetas volvían a estar habitadas; el algodón, que había desaparecido meses atrás, comenzaba a posarse de nuevo en el levee; y la mortandad no se iba, pero se volvía discretamente endémica. Oyó otra vez a la gente silbando al caminar y la temporada de ópera comenzó con la Favorite, de Donizetti, en el Théâtre d'Orléans, y la de teatro, en el St. Charles con Rob Roy McGregor, basada en una novela de Walter Scott. Como si unas semanas antes no hubiera estado crepitando la ciudad.

Unas semanas antes había habido un caso famoso de una señorita que se envenenó con estricnina, dejando una carta con indicaciones de qué hacer con su cuerpo, pero ninguna explicación. Y había habido batallas campales entre militantes del American Party, los Know Nothings, e inmigrantes irlandeses, a los que acusaban de sucios, ladrones, y de venir a quitarles el trabajo. Amenazas, heridos, muertos. Pero ya quién se acordaba, si se podía volver a respirar.

Seguro de niño Santacilia había sido un señor chiquito, elegante, siempre recién bañado y con buena postura, como varita de nardo. De adulto la rectitud se le notaba no sólo en el espinazo, sino en la transparencia científica con que abordaba cualquier problema.

—¿Entonces la revolución va? —le preguntó camino de otro café que quería mostrarle—. Los periódicos dicen cosas contradictorias: a veces que Álvarez está escondido, a veces que Santa Anna ya está derrotado.

—No puede uno informarse sólo por los periódicos. Cada tanto me llegan informes por correspondencia. Ni uno está escondido ni el otro está derrotado. La revolución avanza no sólo en Guerrero, también en Michoacán y en Tamaulipas.

—Ya está en marcha… pero sin ustedes.

—Cómo.

—Aquéllos están en la frontera y usted está aquí, conspirando.

—Uno no conspira por conspirar. Hay que prepararse para lo que viene después.

Habían llegado. Santacilia se detuvo antes de entrar.

—Todo eso está muy bien. Pero para mí que hay que saber diferenciar cuando uno está midiendo la situación de cuando ya está viviendo en las comisuras de la situación. O peor, en las comisuras de otra persona… Venga.

Entraron. Había largas mesas con gente discutiendo, alguna sentada, alguna de pie. En otras, más pequeñas, cuadradas, estaban los periódicos del día, listados de arribos y partidas de barcos y qué mercancías traían, libros. Se oía mucho creole, se veía mucho creole, y más comensales de diversa negritud que lo que solía encontrarse en los cafés.

—Usted ya conoce los cafés que son taberna y a lo mejor ha visto otros a los que llaman shebeen, lupanares donde a veces hay comercio carnal, a veces no, eso no es lo más importante, sino que todo es clandestino, luego vamos; pero este de aquí es como aquel en que nos conocimos.

—¿Aquí no se vende alcohol?

145

—No, para no dar pretextos, aquí se comercian cosas más peligrosas.

Señaló a un rincón donde una mujer enseñaba las letras a tres niños negros de diferentes edades.

—Esto es lo que les asusta. El alcohol, no. El oprimido borracho es un buen oprimido. Sólo prohíben vender alcohol a ciertas clases de personas porque, si pueden además de perseguirlos sacarles dinero en sobornos, ¿por qué no?

Se acercaron a una de las mesas largas y Santacilia se metió en la discusión como si también fuera cosa suya. Eran una muchacha, cuatro o cinco muchachos, y un muchacho vestido de mujer; aunque no fuera carnaval, no inquietaba a nadie. Por momentos parecía que peleaban de tanto que metían el cuerpo al verbo, pero luego todos ponían atención mientras una hablaba, a veces en inglés, a veces en creole, salpicadas ambas con picaportes de otras lenguas:

Arrestaron ayer a tres mujeres en una coffee house en Phillipa, ¿vieron? Por beber alcohol y por usar lenguaje obsceno, Algunas usamos lenguaje obsceno hasta cuando no decimos nada, intervino el hombre de mujer, También arrestaron a Ned, dijo otro, no es libre pero vivía por su cuenta con una mujer blanca, a ella la mandaron por seis meses a la work house, ¿Y a él? No se sabe, El periódico sólo dice que será castigado apropiadamente.

Se callaron todos por un momento. Luego alguien dijo Hay que quemar todo, Hay que largarnos, dijo alguien más, Já, a dónde, Al norte, o a México, No hay que ir a ninguna parte, nos vamos a quedar aquí y vamos a ganarles con sus propias reglas, Esas reglas están hechas para que ellos ganen, eso no tiene sentido, Algo estamos ganando, ¿no?, aquí estamos, pensando en voz alta, Pensando con sus palabras, ¿se te olvida que a los que comercian con gente los llaman brokers?, ¿esas palabras nos van a sacar adelante?, ¿vamos a salir adelante vistiéndonos como ellos también?, ¿no es verdad que cada vez tenemos menos derechos? Sí lo he visto y sí vamos a ganar, aunque sea así, porque no tenemos de otra, vamos a crear nuestros propios derechos, desde adentro, Lanusse creó una escuela para huérfanas de color, por ejemplo, A ver cuánto dura o cómo la utilizan, ¿sabías que Tyler, el esclavista texano, tiene una plantación que se llama Sherwood Forest?, como el bosque de Robin Hood, Desvergonzados, Pues lo llamaremos como deba llamarse, en voz baja si es necesario, pero por ahí se empieza.

—Ah, los jóvenes —oyó él a sus espaldas—; cada generación vuelve a descubrir el agua tibia… Benditos sean.

Era un hombre cansadamente atlético, de piel más oscura y pelo esperjeado de unas pocas canas, sentado un par de metros detrás.

—Qué bueno que beban café –añadió, ahora mirándolo a él–. El café ayuda a pensar.

Le dio un sorbo a su trago, que no era café.

—¿Usted no participa?

—Yo vengo a escucharlos. No porque tenga algo que decir: sólo porque es hermoso escuchar a estos chicos hacer algo que no sea acatar órdenes. Pero, ya que preguntó, yo no creo que haya que irse, ni que los blanquitos del norte vayan a venir a salvarnos. Hay que sobrevivir como se pueda. Estar vivo ya es una manera de ir ganando, digo yo.

Iba a preguntarle su nombre, pero en ese momento un chico se asomó a la puerta y gritó:

—¡Twigs!

Un segundo después se activó algún procedimiento secreto: la mujer con los niños se metió en un cuarto trasero, el hombre de mujer los siguió y, al abrirse la puerta, él vio que en ese cuarto había otras mujeres, y entre ellas Thisbee, que también lo vio a él, pero no se distrajo de recibir a las que entraban y luego cerró la puerta.

Una razzia. Twigs entró seguido de tres plaqueados. Empujaron a los hombres de piel más oscura contra la pared y empezaron a cachearlos y a gritarles. El hombre con el que había estado hablando se había escabullido sabe cómo. De repente Twigs se detuvo frente a él.

—Qué tenemos aquí. Hace mucho que no lo veía y mire dónde me lo vengo a encontrar. Lo que es tener ganas de morirse, eh.

Lo miró de arriba abajo, sin decir nada más, luego abrió la puerta donde se habían metido las mujeres, pero ya no había nadie ahí. Arrestaron a un hombre negro y se fueron.

Eso fue lo que conoció en diciembre.

Los días de clima perfecto duraron el suspiro que duran las cosas perfectas, como las libélulas, y en enero el frío volvió a meter a la gente a las casas no por inclemente, sino en lo que se acostumbraban.

Aprovechó para responder correspondencia. A Margarita le contó que estaba sano y que a toda hora pensaba qué estarían haciendo ella y los niños. A Ocampo, que Arrioja había negociado en Nueva York cuatro mil quinientos fusiles, piezas de artillería, municiones y pólvora, de su bolsillo; que Comonfort ya estaba en Guerrero, y que pronto le enviaría las plantas que pedía (estaba listo para la guerra, pero anduviera donde anduviera Ocampo cultivaba flores).

Mientras escribía, Polaris había llevado sus juguetes a su lado, una soga, una pelota, un trapo viejo, sus propios asuntos pendientes, y alternaba entre uno y otro. Sólo entonces él reparó en la carta que no había escrito:

—¡Madame Doubard! —Se pegó una palmada en la frente. De inmediato se puso a escribirle que Polaris estaba de vuelta, sana y jugando, que ellos estaban bien y la casa estaba bien, apenas unas líneas para no dilatarse más. Ensobró la carta y salió a dejarla. Fue de regreso cuando descubrió lo que le deparaba enero.

Vio al hombre correoso del café. Le hizo señas; aquél no le respondió, fue tras él. El hombre iba sin prisa, pero caminaba ligero. Lo alcanzó hasta que se detuvo frente a una herrería.

—¿Me recuerda? ¿Del café? Estábamos hablando y luego ya no estaba.

Se presentó.

—Paul —le dijo el hombre, extendiéndole la mano, suspicaz pero sonriente—, me fui, sí señor, el hombre negro sabe cuando la mejor conversación es la conversación de las piernas.

—Me interesó lo que estaba diciendo.

—Bien, bien, bien, muestra que sabe escuchar. Bien.

Estaba buscando alguna herramienta. Empuñó un martillo.

—¿Éste es su trabajo? ¿Es usted herrero?

—Sí señor, de los buenos.

—Así que es un artista.

—Yo hago lo que me pidan y, si no saben qué pedir, lo invento. Pero el que sabe dibujar de verdad es mi ayudante. Nos especializamos en balcones.

Balcones. Miró a su alrededor, pero no había papel ni lápiz a la vista. Se inclinó y dibujó en la tierra.

—¿Ha visto algo así?

Paul miró el dibujo como por compromiso; ya negando, apenas miraba.

—No. Nunca he visto eso.

—¿Y no sabe quién podría…?

—Escuche, usted que sabe escuchar: yo sé lo que sé y no sé lo que no sé. Y esto no lo sé. Ahora déjeme trabajar.

Él se puso de pie, se sacudió la tierra de las rodillas, pidió una disculpa y se fue.

El hombre no parecía eso que con tanto entusiasmo le prometió Pepe en febrero: algo nunca visto pero diferente al borrachal ruido de las fechas santas –los desfiles, los cuetes, el desenfreno–, Tienes que verlo. Pero no lo veía, o sólo veía al hombre señalado, inmóvil, ahí nomás de pie en el bayou, con las piernas muy abiertas, vigilando a su alrededor que el agua se rizara.

De pronto se quedó más quieto pero no más tieso: como diluido, no un hombre en el pantano, sino un elemento del pantano; de manera suave, casi imperceptible, asomaron entre sus piernas las narices rugosas de un lagarto y, en la mano del hombre, destelló un machete que se verticalizó y se hundió con un crack en la cabeza del animal. El lagarto aún se revolvió en el agua una fracción de segundo y luego se derrumbó sobre sí mismo como desde una gran altura. El hombre se quedó por un momento así, con las dos manos en el mango del machete; después lo sacó, lo enjuagó, lo arrojó a la orilla y metió las manos bajo la trompa del lagarto un poco con oficio, un poco con ternura. Se volvió hacia ellos, a quienes no había mirado hasta entonces, y dijo a Pepe:

–Agárrelo de la cola: vamos a sacarlo.

Él también ayudó. Era un lagarto mediano, de un metro, metro y medio de largo, pero pesaba mucho. Lo acarrearon a una mesa junto a la orilla y el hombre lo empezó a pelar con un cuchillito muy filoso mientras platicaban. Primero le hizo una incisión en una pata, introdujo un caño de carrizo y se puso a soplar y soplar hasta que el lagarto se infló un poco. Tapó el caño con lodo y lo dejó incrustado. Luego hizo un corte a lo largo del lomo y a lo largo de las patas y fue levantando la piel con cuidado de no rasgarla.

—Me dice Pepe que estuvieron enfermos.

—Sí. ¿A usted no le dio?

—No.

—¿Cómo hizo?

—Nosotros ya no vivimos en la ciudad. Venimos a hacer negocio, pero no durante estos meses.

Nosotros era un grupo de Houmas, le había dicho Pepe, que comerciaban con pieles y hacían de intérpretes. Éste hablaba un español imperial, con uves y zetas melladas por el uso.

—Usted no es blanco. —Lo señaló el hombre con el cuchillo—. ¿De dónde son los suyos?

—Oaxaca —señaló él a sus espaldas, como si Oaxaca estuviera ahí traslomita—, en México. ¿Usted?

—De aquí —dijo—. Bulbancha.

—¿Así se llamaba aquí?

—Así se llama.

—¿Pero lo que era no lo destruyeron los europeos?

—Un nombre dice muchas cosas. Si una de ellas es el nombre de una destrucción, pues eso dice, pero también lo que ya decía antes.

Volteó al lagarto y comenzó a cortarlo siguiendo la línea de la mandíbula y hacia abajo. Una mujer se acercó con unos baldes, le dio un par de órdenes al hombre en Houma y se alejó sin mirarlos.

—Lugar de las muchas lenguas es lo que significa: Bulbancha. Ya comerciábamos antes de que llegaran los otros. Ahora nos llaman salvajes, pero eran ellos los que no sabían nada. Ni qué comer, ni cómo curarse, ni cómo construir; no entendían al agua… —Se detuvo un momento y los miró—. ¿A quién se le ocurre cuadricular un pantano? Tendríamos que haberlos dejado que se ahogaran, pero los ayudamos y ya ve. Hasta hace unos años todavía nos recibía el alcalde, había ceremonias y nos daban regalos, que por nuestra lealtad. Ya no. Y no es que ya no seamos leales: es que ahora somos un estorbo.

Finalmente quitó toda la piel salvo la de la cabeza y las garras, y dejó a la vista la carne rosa y blanca del lagarto que ya no era un lagarto, sino un como proyecto de monstruo. Empezó a cortar la carne en lonjas y a echarlas en los baldes.

—No sabíamos ver de lejos; no les vimos los colmillos hasta que ya nos estaban mordiendo. Igual que ustedes. ¿Ustedes ya aprendieron?

154

—Ya —dijo él—, los tenemos bien vistos. Los ingleses y los españoles acechan constantemente con el pretexto de deudas que nos impusieron hace tiempo.

—Los ingleses, los españoles… *y los franceses.*

—No, los franceses ya no.

El hombre se interrumpió para mirarlo con curiosidad.

—Los franceses, no.

—Los franceses tienen también una historia de atrocidades, pero han cambiado. Francia nos dio la filosofía de la razón. Y, una vez que esa filosofía triunfa, ya no hay vuelta atrás.

—La razón —dijo el hombre, cortando ahora de la cola, con notable mayor esfuerzo—, la razón no viene nomás en libros, viene también en la pólvora.

Dejó de cortar un segundo y se rio.

—Pero buena suerte, pues. —Dejó el cuchillito al lado, cogió otra vez el machete, de un golpe cercenó una de las garras del lagarto y se la dio—: Tenga. Para que se acuerde de mí.

En marzo fue la epifanía del lupanar.

No quedaba lejos, en la última calle del viejo cuadrante, hacia donde habían vivido con Thisbee, pero las farolas de gas estaban todas apagadas, exhaustas de carnaval o por desidia. La única luz por ahí venía de un incendio. Detuvieron a un hombre por entrar a la casa en llamas para robar unos pinceles.

En el lupanar, unas velas cortas en las mesas iluminaban los perfiles alrededor. Juegos de azar en una habitación, baile en aquélla, bebida en todas. Música en alguna que sólo se intuía. Ajedrez. En una habitación se jugaba ajedrez.

—Y esto —preguntó al aire. Pepe y Santacilia ya se habían dispersado.

—Por qué le sorprende —dijo alguien frente a él, del otro lado del pabilo. Sonrió y relumbraron sus dientes. Paul—. ¿Qué no sabe de Morphy, el mejor jugador del mundo? Es de aquí; sí señor. Creole.

Le pegó un sorbo a su trago y dijo Sí señor, una vez más.

—Y cada quien se entretiene como puede, ¿no? Usted husmea por ahí —se inclinó al decirlo y movió los dedos de una mano como si husmeara con ella—, yo me tomo mi medicina y converso; para conocer a la gente hay que conversar con ella, porque, le voy a decir algo, no es qué conoces, sino *a quién* conoces... ¿Eh? *A quién conoces.* Y, por cierto, a ella creo que ya la conoce.

Le dio una palmada en la espalda y se perdió en dirección al bar. Thisbee lo jaló con autoridad de un brazo hacia la habitación de al lado.

–¿Vamos a bailar? –se emocionó él.

–Hoy no. Pero acá el ruido protege. Dime, ¿qué andas preguntando? Si quieres saber algo, por qué no me preguntas directamente.

–¿Qué significa el dibujo?

–Lo que ve: que no por ir hacia adelante una abandona lo que viene atrás.

–Como qué.

–Eso cada quien lo sabe. Una historia, un lugar.

–Una persona.

–Sí.

Thisbee miró en dirección a los que bailaban, sin verlos.

–Tú vas a regresar a tu casa pronto, ¿no?

–Sí.

–¿Puedes encontrarle refugio?

Quién era para ella el refugiado. Y dónde podría refugiarlo.

–Sí, tanto como se puede en un país en guerra, pero creo que sí. Mañana escribo haciendo averiguaciones.

Thisbee asintió.

–Ya me tengo que ir –dijo–, quédate aquí un rato. Pero ven. Voy a enseñarte otra conspiración.

Lo condujo por un pasillo, abrió una puerta a un patio interior, le dio un empujoncito. Era más grande que los que había visto, una orquesta estaba tocando, nadie bailaba, o sí, pero a una frecuencia baja, como hacia adentro. Miró a su lado, Thisbee ya se había ido.

Se acercó a la orquesta. Tres violinistas interpretaban un vals. Era un vals, sin duda. Lo había escuchado antes, en Oaxaca, cuando era gobernador, pero éste era otra cosa. Entonces vio detrás de los violinistas al hombre viejo con su tambor larguísimo, que más que tocarlo parecía que lo rascaba con las manos sueltas, casi sin querer: una caricia que se volvió repiqueteo al cambiar las uñas por las puntas de los dedos, colgándose del vals pero sin rendírsele. Los violines, aunque seguían la nota, estaban también haciendo algo distinto: conversaban diciéndose lo mismo cada cual en su tesitura.

Todo ese tiempo había tenido los ingredientes frente a sus ojos, nomás no los había imaginado juntos. Era un invento maravilloso pero inacabado. ¿Podía acabarse? ¿O era ésta su maravilla, que no dejara nunca de girar, escalando las paredes?

SIETE

El puro se hace de adentro hacia afuera, como sabiendo de la intemperie. Se pone en una tablita el capote, que es la hoja que envuelve; en el capote, las tripas, que otros llaman fortaleza: la del sabor, la del olor, la de quemar. Se enrolla muy lentamente, apretando hasta que parezca que las tripas nacieron juntas y que la fortaleza es una sola. Se cortan los extremos con la cuchilla, se le pone la capa, se redondea, se añade un gorrito. Se mide lo largo con un cartabón y lo grueso con un cepo.

Luego los guardan en una caja, para cuando Borrego vuelva, y se llevan otros en pago, que venden para comprar comida y café.

Un hombre llamado Young, condenado a muerte por matar a un niño, trató de suicidarse dos días antes de la ejecución acuchillándose el abdomen y cortándose la garganta. Lo atendieron lo suficiente para que llegara vivo al cadalso. Él vio el anuncio y, quién sabe por qué, fue a presenciar la ejecución. El asesino Young tardó alrededor de veinte minutos en morir. Durante ese lapso la herida en el cuello se abrió y el pecho y los pantalones se le empaparon de sangre.

Había sucedido semanas atrás, pero no podía quitarse de la cabeza la imagen del hombre cosido y luego matado y matado y matado, por los médicos, por el verdugo, por él, que lo miraba sangrar.

—La ley es tan terrible… —iba a decir, pero el hilo de Pepe dio un jalón hacia las profundidades, Pepe se puso de pie, recuperó el hilo y apareció un pez zangoloteándose en el anzuelo. Quizá porque casi nunca pescaban nada y más bien era el pretexto para ir a mirar el río y sentir que se movían con él; o quizá porque estaba hambriento, pero Pepe se alegró con alegría infantil y se echó el pez a la espalda, como si presumiera no un pez sino un tiburón.

—La ley es tan terrible —iba a decir él— que la única manera de aceptarla es que sea igualmente terrible para todos, sin fueros ni excepciones. Ése debe ser nuestro punto de partida.

Clop, clop, clop, clop. Oyó el caballo de Twigs; ya le conoce la pisada chambona, de nunca traer a nadie encima. El caballo iba delante cuando repetía ruta; atrás, cuando el animal vestido se salía de la suya. Los espera y, al ser alcanzado primero por el cuadrúpedo y luego por el bípedo, le pregunta a este último por qué no deja al caballo en el establo si no lo va a montar, y por qué no lo monta. Apenas lo ha preguntado cuando un rictus de dolor le hace sospechar en Twigs un infierno de hemorroides, pero Twigs responde con lo que pretende que sea acritud y dignidad:

—Lo monte o no lo monte, un hombre que se respeta no sale al mundo sin su caballo.

Volvió Mata, sólo por unos días. Había estado en Brownsville y luego en otras partes de Luisiana. En Brownsville, persiguiendo a Josefa a escondidas de Ocampo. En Luisiana, porque se le acabo el dinero y estuvo unos meses ganándose la vida como instructor, aquí y allá. Volvió impaciente y bravo, Esto es demasiado, esto es vergonzoso, esto no puede seguir así. Quién sabe si porque ya le hartó el exilio o porque descubrió ese otro exilio, lejos de Josefa, pero ya decidido a volver.

En eso estaban de acuerdo, aunque era probable que cuando decían volver cada uno decía algo distinto.

Escribió a Brownsville, a Tamaulipas, a Guerrero, a Veracruz. En todas partes le dijeron que sí, que le recibían a su persona, y en todas añadieron versiones de Pero ya sabe, con las cosas como están, bajo su propio riesgo. En Veracruz y en Tamaulipas ya había pequeñas colonias de cimarrones, pero por ahora en Veracruz no se podía desembarcar. Tamaulipas, entonces. Ya más adelante, si ganaban la guerra, podrían moverlo al sur. Si no la ganaban, donde estuviera estaría mejor que ellos.

El primer trecho tendría que ser por tierra: imposible subir a un barco a un hombre buscado, por más muerto que estuviera. Aquí también conocían a los tlacuaches.

Había elegido, semanas antes, el mero día de su cumpleaños (que es el día de inicio oficial de la primavera en lugares donde la calor no es la que organiza el tiempo) para escribir a Brownsville que estaba listo para irse; sugería que su destino era Guerrero: ahí sería de mayor utilidad. Lo que no dijo es que no sólo era una decisión estratégica, sino un afecto: compaginaba mejor con la revuelta de negros en el sur que con la conspiración de levitas en la frontera.

También pensó, por primera vez, en qué se llevaría consigo, si no bastaría con la garra de lagarto.

Cabañas aceptó falsificar los papeles del pasajero, qué nombre debía poner, él no sabía, en todo caso debía ser un nombre mexicano, pero qué quería decir eso, español. Meditaron. Un nombre de pila común y un apellido con su historia. José del Río. No está mal. Juan Veloz. Sebastián Recio. Jesús Robles. Me gusta. Callaron. Luego él dijo que en qué estaban pensando; si algo no podían hacer era imponerle un nombre a ese hombre. Le preguntaría a Thisbee. También: era necesario moverlo de un lugar a otro hasta que se fuera. ¿Podría quedarse un tiempo en el taller?

—Mi valentía no da para tanto —respondió Cabañas—. Un día yo también voy a volver, pero no quiero que me echen antes de tiempo.

Entonces, el plan para el evadido ya, o casi ya. La ruta por la que él regresaría, ya: atravesar el golfo sin atracar en tierras mexicanas, seguir hasta Panamá, cruzar el istmo en tren o en carreta, embarcarse en el Pacífico, navegar hasta territorio liberado, desembarcar en Acapulco. Tomaría más de un mes, pero no había de otra. Ya vendría el dinero; la gente de Brownsville ahora era la Junta Revolucionaria de Brownsville y reunía fondos con gran eficiencia. Los asuntos de aquí, casi ya, nomás que regresaran Madame Doubard y el Borrego, para saldar cuentas, dar las gracias, despedirse.

Metódicamente, siempre lo había dicho, si se procede metódicamente, las cosas marchan cual relojito.

Polaris bajó del segundo piso como un rayo de luz peluda un segundo antes de que el ruido de la puerta al abrirse cortara la maquinación con Pepe y Thisbee, y en el quicio apareció Madame Doubard, hecha un latido; Polaris saltó a sus brazos y se pusieron a dar vueltas así, se daban besos, agitaban sus rizos, Polaris ladraba, Madame Doubard algo repetía, sabe qué, alguna sílaba en la lengua del júbilo. Puso a Polaris en el suelo y fue contoneando su centro de gravedad hacia abajo y Polaris la acompañó a brinquitos en dos patas; era la pareja de baile más hermosa que él había visto, era una de las felicidades más hermosas que había visto, quería decir, pero estaba llorando.

–Espero que no se hayan acabado mi licor –Mamade Doubard se dirigió por fin a ellos–, porque hoy tendremos la madre de todas las pachangas.

Señora. Señora. Sin necesidad de presentaciones, sin Cómo conoce a, sin Qué le ofrezco, sin Disculpe la intrusión, sin fruslerías. Señora, Señora, y se pusieron a beber. Pepe se puso a beber. Fue llegando más gente, amigos de Madame Doubard, amigos de Thisbee, amigos de Pepe, hasta él fue por Cabañas, y todos se pusieron a beber y a probarse la ropa colgada del maniquí. Ellas no dejaron de platicar como si se conocieran de toda la vida o como si hubieran tenido que conocerse toda la vida y, aunque habían dejado la maquinación a medias, él no quiso interrumpir lo que se contaban o los pasos de baile que se compartían.

Fue hasta que Thisbee ya se iba que le dijo dónde pensaba esconder al hombre y le preguntó, por fin, cómo se llamaba.

–¿Así está bien? –le preguntó, mostrándole el documento con sus nombres. Miguel Miguel. Dos veces. Así había querido. Miguel Miguel, uno porque era el nombre al que respondía y otro para subrayar su renuncia al nombre de su captor. Habían ido al consultorio de Borrego a medianoche; le dijo que durmiera en la camilla, pero que si alguien más entraba se ocultara bajo una mesa en el cuarto de atrás, donde había colocado una manta a modo de cortina. Miguel Miguel asintió sin decir nada. Era alto, macizo, muy joven, pero con siglos en los ojos. Miraba las paredes como si fuera a molerlas a puños.

Le había hablado en inglés; le pareció que podría haberle hablado en cualquier lengua y Miguel Miguel lo habría entendido: era un hombre alerta, en cada segundo a cargo de cada detalle de la situación.

Qué podría él decir de sí mismo, sin vergüenza, de los días en esa ciudad, se había preguntado aquella vez que fue a conseguir el daguerrotipo para un engaño. Ahora sabía. Tenía una historia clara, consecuente, comunicable, ordenando ese episodio de su vida.

También regresó Borrego, sano, más gordo, satisfecho como emperador que vuelve de las Galias. En cuanto lo vieron aparecer, trajeron al frente las cajas con los puros para que los contara, pero apenas si las miró. Se puso a decirles los planes que tenía para resucitar el negocio; había aprendido nuevas técnicas de curación, con imanes, era increíble, la ciencia no se detiene, y había hecho nuevos contactos para los otros negocios; lo que seguía era restablecer los contactos locales, con los registradores, con la policía. Venían tiempos buenos. Se calló y entró al cuarto trasero; lo abarcó rápidamente de una mirada.

–Todo está exactamente como lo recordaba –dijo, y parecía que lo creía.

Había un mostrador de madera desatendido y detrás suyo una cortina, similar a la del consultorio de Borrego, pero ésta era negra y gruesa y aterciopelada. Le pasó la mano por encima, como a un animal que se retrae al acariciarlo. Jaló la cortina y vio al daguerrotipista. Tenía las manos levantadas, como tratando de fijar la imagen frente a él: una familia, muy quieta, esperando a registrarse en el espejo de plata.

Algo en la palidez de los fotografiados lo hizo estremecerse. Sin pensarlo dos veces entró al estudio y se quedó a un costado.

Eran una pareja y un niño. Él era blanco, ella era negra, el hijo era moreno. El hombre había estado llorando y la mujer estaba muerta.

El daguerrotipista bajó las manos indicando que ya estaba hecho, se les acercó, tomó al niño y el hombre cargó a la mujer en brazos. Al volverse, el daguerrotipista lo vio, pero no dijo nada. Salió con la familia.

Oyó que intercambiaban palabras en la habitación del frente. Vio la colección de placas en una vitrina, levantó una, con la imagen de una mujer joven, guapa; cómo haría para llevársela, si no tenía con qué. El daguerrotipista volvió y lo miró con una especie de atención cansada, pero luego se acercó y lo estudió con algo como maravilla. Le hizo gesto de que se guardara el daguerrotipo que tenía en la mano y se acercó a las sillas, quitó una, donde había estado el hombre, y le señaló la otra con una mano abierta. Él gesticuló sin saber cómo negarse, pero aquél seguía invitándolo a sentarse.

No se sentó: se paró a un lado de la silla y puso una mano en el respaldo. El daguerrotipista cambió la placa, ajustó la iluminación, le hizo gesto de que no se moviera. Él se quedó quieto y esperó.

OCHO

El cuerpo le cambiaba de centro, como si su gravedad de gente se convirtiera en gravedad de sangre, todo átomo solemne que tuviera caía cual prenda inútil y el güeserío seguía la pauta del coxis, que era como el señor despertando a mitad de la borrachera que comienza a decir Eh, eh, eh, eh, arriba, arriba, y él se dejaba llevar por ese sí mismo secreto cuando bailaba. Era como que se encogía un poco, él, que era chaparrito de por sí, y se volvía un trompo. Subía y bajaba los puños como si estuviera a cargo de hacer ondular el aire, daba pasos que podían parecerse o no a los que el protocolo indicara, a él no le importaba, menos aquí, que zarandeaban zarabandas y agitaban contradanzas sin deferencia por la partitura, aún menos con Thisbee, que repetía, asombradísima, Look at you! Look at you! Daba vueltas alrededor de ella, se le aproximaba como en pelea de gallos, retrocedía, aplaudía, daba codazos al aire, bamboleaba la cadera, señora cadera, jefa y propietaria, sultana del coxis, eh, eh, eh.

De lejitos, o de cercas, pero no pegado, que de la cintura nomás a Margarita agarraba, de la mano nomás a Margarita tomaba. No que ignorara el deseo: era que lo agotaba en la pista.

Por eso se cizcó cuando Thisbee hizo una seña a la orquesta, el percusionista empezó a tamborilear más despacito y el resto de los músicos lo siguió. Thisbee le puso las manos en los hombros; él no supo qué hacer con las suyas hasta que recordó un modo, pasó sus manos por debajo de los brazos de ella y las juntó detrás, meñique con meñique; no le tocaba la espalda, aunque sus cuerpos estaban más pegados que antes. Thisbee dijo Qué estás haciendo, y él respondió Esto se llama bailar de a librito; Thisbee lo miró extrañadísima por un segundo y luego se carcajeó Creo que le tienes demasiada confianza a los libros, ¿crees que soy fácil de leer? No, dijo él, pero de todas maneras algo aprendo.

Se iba en unas horas. Habían venido al lupanar a celebrar que todo estaba listo. Antes de venir pasó a dejarle a Miguel una bolsa con agua y comida que le enviaba Thisbee y a decirle que en la mañana alguien les iba a prestar un caballo. Se lo decía cuando llegó Borrego, oyeron la puerta y Miguel se metió bajo la mesa. Borrego y él ya se habían despedido; él le dijo que sólo iba a recoger algunas cosas y que dejaría las llaves en un cajón. Borrego iba por un dinero. Dijeron alguna última cosa, Borrego se fue y él se vino al lupanar. Hasta ahora reparó, como si recién lo escuchara, en eso último que le dijo Borrego:

—Pues no lo veré más, porque ya no regreso aquí hasta mañana, o pasado. Cuídese y ya no ande hablando solo.

Dejó de bailar de golpe, desbaratando el libro a espaldas de Thisbee.

—Tengo que ir por Miguel. Hay que adelantar todo.

Borrego nunca avisaba si iba o venía ni a qué horas.

—Ve con Madame Doubard, dile que le llevo otro huésped, aunque sólo por un momento.

Lo que es más importante: Borrego lo había escuchado hablar.

Lo definitivo: Borrego no iba a dejar pasar esa recompensa.

Corrió hacia el consultorio pensando cómo conseguirían un caballo a esas horas: era más fácil que les cayera un rayo.

—Vámonos ya, ahora —le dijo a Miguel. Miguel entendió de inmediato que los planes se habían estropeado y se levantó, listo para irse. No quería llevarse nada, pero él cogió la bolsa con la comida y la cantimplora de metal y salieron.

Apenas habían cerrado la puerta cuando oyeron caer el rayo:

—Cosita insignificante que pareces, pero yo sabía que un día me ibas a guiar a algo que valiera la pena.

Twigs le hablaba a él pero miraba a Miguel, más que con mirada de triunfo, con un odio gozoso, destripándolo ya en su cabeza. Miguel y él se quedaron un segundo inmóviles; luego él vio el caballo que se acercaba, y habrá sido ese cálculo o habrá sido el horror que le produjo la mirada de Twigs, pero fue suficiente para resolver lo que era preciso, osciló la bolsa con la cantimplora, golpeó con toda su fuerza a Twigs en la mandíbula y Twigs se desplomó en el piso como una res.

Miguel lo miró sorprendido; era la primera vez que mostraba una expresión diferente a la rabia pétrea. Él tomó al caballo de las riendas y los tres corrieron hasta la casa de Saint Peter. Explicó rápidamente lo que sospechaba y lo que sabía y lo que había hecho, que eran la misma cosa en función de su consecuencia: Miguel debía irse ya. Thisbee le dijo a Miguel que cabalgara hasta Tiger Island, que no era una isla, pero así le decían porque estaba rodeado de brazos de agua y había muchos gatos grandes, y alguien lo llevaría por el Atchafalaya al golfo.

Miguel hizo ademán de subirse al caballo.

—Cuidado —dijo él—, que no está acostumbrado a cargar a nadie.

Miguel acarició al caballo las crines, la frente, acercó su cara a la del animal y respiró unos momentos con él; luego lo montó sin resistencia. Una vez arriba llevó una mano a un bolsillo del pantalón, extrajo algo y se lo dio a él. La brújula. De algún modo la había recuperado. Luego le dio un beso a Thisbee en la mejilla y se fue.

—Mi hijo —dijo Thisbee, y a él no lo sorprendió la revelación, sino ver a Thisbee a punto de llorar, porque no creía que ella hiciera eso. Como no lo hizo.

—¿Por qué no habla tu hijo?

—Sí habla. Sólo es que ya no tiene nada más que decirle a este lugar.

Oyeron unos pasos apresurados en la esquina y entraron todos a la casa. Poco después alguien tocó a la puerta. Thisbee, Pepe y él se metieron a un cuarto trasero y Madame Doubard fue a abrir. No se atrevían ni a suspirar; hasta Polaris, que se había ido con ellos, estaba alerta y en silencio.

—Dígame. —La voz de Madame Doubard con un dejo de fastidio amable.

—Vengo por los bandidos que se esconden aquí —dijo Twigs.

No se oyó nada por un segundo; luego, a Madame Doubard:

—Los únicos bandidos aquí somos mi perra y yo.

Como si la hubiera llamado, Polaris salió corriendo hacia la entrada y se puso a gruñir. Él asomó un ojo.

—O los trae o voy a tener que entrar por ellos —dijo Twigs.

—Já, mire señor —respondió ella ahora en un francés mayestático—, lo de menos es el problema que tendría si decide meterse a estas horas a casa de una señora sin invitación. Lo verdaderamente grave es lo que esta señora, acostumbrada a vivir sola, es capaz de hacerle a un intruso.

Casualmente tomó un candelabro en una mesita junto a la puerta y lo sostuvo en una mano, como si lo sopesara.

Puede que ellos fueran los que estuvieran en el cuarto de atrás, pero, en ese momento, Madame Doubard era el verdadero cuarto de atrás, el lugar de las conspiraciones, en persona.

—Volveré —dijo Twigs—, con agentes, con esposas.

—Aquí lo esperamos. Traiga también su caballo —dijo Madame Doubard, de nuevo en inglés—, pero antes alíviese la resaca. No se ve usted bien.

Y cerró la puerta. Luego hizo un pequeño bailecito de celebración.

—Tengo un último favor que pedirle —dijo él.

Ella respondió que sí, que por supuesto.

Ya no iban a poder cargar más equipaje. Sacó la garra de lagarto de su maleta y se la colgó del cinturón. Luego agarró el maniquí de madame Doubard de un extremo y Pepe del otro. Irían juntos al levee, pero tomarían barcos separados, Pepe intentaría volver a Oaxaca.

Odiaba despedirse porque no sabía ser lo suficientemente dramático ni lo bastante locuaz, los discursos de despedida siempre son insuficientes. Pero, además, porque son un momento en el que las situaciones, la que se deja y la que se inaugura, se balancean peligrosamente como en el filo de una mesa. Abrazó a Madame Doubard, que dijo Cuando quiera volver a involucrarme en sus actividades criminales, avíseme primero, lo volvería a hacer, pero de preferencia sin que me dé un infarto.

Abrazó a Polaris, que se puso a mordisquearles los zapatos, como para que Pepe y él no tuvieran manera de irse, Polaris sí sabía despedirse. Luego se volvió hacia Thisbee y ella lo abrazó tan fuerte y durante tanto tiempo que pensó que se iba a desbaratar.

—Enséñeles lo que es traer la música por dentro.

Volvió con Pepe al consultorio. Pusieron el maniquí de Madame Doubard en el cuarto de atrás y lo rociaron de alcohol. Encendió un cerillo, pero se detuvo.

—¿Qué haces? —dijo Pepe—. Ya hay que irse.

Borrego era un hombre maldito, pero les había dado de comer y les había compartido un remedio, de los de verdad. Y a cambio él había ocultado ahí al asesino de su amigo. Quizá era cuestionable lo que Borrego entendía por amigo, pero tampoco merecía que le quemaran el consultorio para cubrir las huellas del prófugo.

—Vámonos —dijo él—. De cualquier manera, ¿cuántas veces tiene que morirse Miguel para que dejen de perseguirlo? Ya se fue y no saben adónde; les lleva ventaja.

Pepe resopló. Él apagó el cerillo, se lo guardó en el saco y dejó las llaves donde había prometido. Comenzaron a caminar hacia el embarcadero, vigilantes pero sin urgencia, como un gato cruzando una avenida; no llevaban ni una cuadra cuando se encendió un fogonazo a sus espaldas. Se dieron media vuelta y vieron que el consultorio empezaba a incendiarse. Y, después, a Borrego saliendo del fuego con unas cajas a rastras. Corrieron a ayudarle; una vez que se alejaron de las llamas, Borrego dijo:

—No entiendo por qué se arrepintieron. Tenían la idea correcta. Cuando vi que no se habían animado, decidí hacerlo yo. Para cobrar la recompensa basta con entregarles un cuerpo, o algo que se le parezca, y una buena historia, de las que yo cuento, ya ve que tengo cierta credibilidad con las autoridades… Y lo demás —señaló el consultorio abrasándose–, usted sabe que el asunto de las aseguradoras aquí es como un deporte. Al menos para eso servirán las autoridades. Ya vienen en camino.

No lo dijo alertándolos: sólo hacía cuentas. Se quedaron los tres unos minutos fascinados con el fuego. Luego Pepe lo jaló de un brazo y empezaron a alejarse sin decir adiós.

Corrieron, ahora sí, pero después de unas cuadras él dijo:

–Espera, vamos más lento; hay tiempo.

Había, poco, pero no era eso. Quería sentir la ciudad por última vez. Pensó que si un día cualquiera lo pusieran ahí sin decirle dónde estaba, a ojos cerrados sabría que estaba en Nueva Orleans. No podía explicarlo. Sólo que podría sentir en los güesos la resistencia de tierra movediza debajo de los adoquines. También, que en realidad no tenía esa historia clara, congruente, concisa, comunicable, para contar; que sobraban traiciones, pequeñas o secretas pero traiciones al fin, y que tenía derecho a guardárselas, en todas las lenguas que ahora sabía. Luego dijo:

–Ya, corramos.

Llegaron justo antes de que el vapor de Pepe zarpara.

–Cuida las cartas y cuida a mi familia –le rogó–. Ya llegaré, más pronto que tarde.

Pepe asintió, medio lloroso, y abordó para que no se le notara.

Al pie de la pasarela de su vapor lo esperaba Santacilia.

—¿Cuándo volveremos a vernos? —preguntó Santacilia.

—Sepa el carajo.

Santacilia rio.

—No sé cómo sonará eso cuando me toque contarlo. Veré qué se me ocurre.

Se estrecharon las manos. Por fin, la última despedida. Se dio media vuelta, subió por la pasarela; un boletero le preguntó su nombre.

—Benito Juárez García —respondió.

Entró a la cabina de pasajeros. Ya estaban ahí los periódicos del día. Los empezó a hojear mientras el barco zarpaba. Aliados y rusos seguían matándose en Crimea; en una batalla reciente habían muerto ocho mil hombres en una noche, casi todos por bayoneta. Una librería en Camp anunciaba la llegada de nuevos libros. Un grupo de hombres se había escapado de la cárcel, armados con hachas. En el Pelican Theatre esa noche se presentaría una comedia, The Jacobite, a beneficio de la viuda de un actor. Varias personas se habían desvanecido en la calle a causa de las altas temperaturas, el verano estaba de vuelta.

El barco se empezó a mover.

Dejó el periódico y salió a cubierta. Alcanzó a ver que el incendio se avivaba con furia. Caminó a la proa, se acodó en la baranda y se puso a mirar el camino de vuelta, iluminado por el resplandor a sus espaldas.

AGRADECIMIENTOS

Gracias a Juan Álvarez, Brenda Navarro y Fernando Rivera, por su lectura y sus consejos.

A Robert Ticknor, de la Historic New Orleans Collection, por su invaluable apoyo en la investigación.

A Paca Flores y a Julián Rodríguez, por todos estos años de compañía inteligente y generosa.

ÍNDICE